화산전생

정준 신무협 장편소설

ORIENTAL FANTASY STORY & ADVENTURE

dream books
드림북스

화산전생 5

초판 1쇄 인쇄 2017년 8월 10일
초판 2쇄 발행 2018년 7월 16일

지은이 정준
발행인 오영배
기획 박성인
책임편집 이대용
표지일러스트 eunae
디자인 권지연
제작 조하늬

펴낸곳 (주)삼양출판사 · 드림북스
주소 서울시 강북구 도봉로 173
대표 전화 02-980-2112 **팩스** 02-983-0660
편집부 전화 02-980-2116 **팩스** 02-983-8201
블로그 blog.naver.com/dreambookss
출판등록 1999년 3월 11일 제9-00046호.

ⓒ 정준, 2017

ISBN 979-11-283-9197-2 (04810) / 979-11-283-9192-7 (세트)

드림북스는 (주)삼양출판사의 판타지 · 무협 문학 브랜드입니다.

화산전생

華山前生

5

정준 신무협 장편소설

ORIENTAL FANTASY STORY & ADVENTURE

dream
books
드림북스

목 차

第一章
정체불명(正體不明)

　스물하고도 두 명. 주서천 일행의 인원수였다.

　사천당가는 당혜까지 합해서 열한 명이었고, 그들을 이끄는 것은 두말할 것도 없이 독봉 당혜였다.

　당혜는 신분뿐만 아니라 여기의 사천당가 출신 무인들 중에서도 무공이 제일 강했다.

　금의검문은 초련을 포함하여 열 명. 겉으로 십인대장은 초련이었으나 사실상 대장은 주서천이었다.

　"대장. 보여 줄 것이 있소."

　초련이 턱 끝으로 한쪽을 가리킨다. 방향을 따라가 보니 가로 삼 척 정도 길이의 상자가 보였다.

가까이 가서 무엇인가 하고 상자를 열어 확인해 보니, 예상치 못한 물건에 고개를 갸웃거렸다.

"이건……?"

"칠검전쟁에 나간다고 하니 챙겨 주었소."

초련이 가슴을 펴며 뿌듯하게 웃었다.

"뭔데 그렇게 속닥이고 있는 건지 궁금한걸."

암기를 점검 중이던 당혜가 묻듯이 중얼거렸다.

"어차피 너희가 쓸 것도 아니고, 육 일 뒤에 보면 저절로 알게 될 거니 걱정 마라."

주서천이 의미심장하게 웃으며 상자를 닫았다.

"훈련은?"

"훈련이라고 할 게 있겠소? 그래도 사용법은 그 아이에게 잘 배워 왔으니 걱정하지 마시오."

"좋아. 그럼 이걸로 무림을 깜짝 놀라게 할 준비나 해. 그 선봉대는 너희니, 이름을 떨치게 될 거야."

"오라비와 동생들이 배 아파할 게 뻔히 보이는군."

오라비와 동생들이란 건 질풍십객을 의미한다.

초련이 피를 나눈 형제자매는 일찍이 죽었다.

"그나저나, 대장은 어찌 됐소? 이곳에 오자마자 저쪽 아가씨와 함께 사고를 쳤다고 들었소만."

현재 무림맹 측은 독봉과 봉추의 등장으로 시끌벅적하

다.

오룡삼봉의 명성이 있으니 주목받는 건 당연했지만, 다른 후기지수들과 약간의 문제가 있어서였다.

"독봉이 소태산과 일지검. 그리고 검화에게 한 소리 했다면서?"

"말도 아니라니까. 내 근처에 있었는데 그 세 사람에게 바짓가랑이 젖지 않도록 정신 좀 차리라는군."

"허, 괜히 독봉이 아니군그래. 무공뿐만 아니라 혀에도 독을 품고 있어."

"원래 한 독설 하는 걸로도 유명하지 않은가. 한데 출신을 가리지 않는다는 점이 좀 예외였네. 난 또 우리같이 하수들에게나 그럴 줄 알았는데 말이야."

"하하! 속 시원하군! 그놈들 온갖 잘난 체하는 게 마음에 들지 않았는데 말이야!"

"사파 놈들이나 마도 놈들이 우리보고 위선자, 위선자라고 하더니, 아니라는 걸 증명하지 않았나!"

대다수는 속 시원하다는 반응이었다. 그러나 긍정적인 면모만 있는 건 아니었다. 비난도 있었다.

"확실히 옳은 행동이지만, 너무 과한 것이 아닌가?"

"독봉은 말을 좀 더 곱게 사용했어야 했네. 아무리 상대가 잘못했다고 한들, 예법을 무시한 말을 한다면 사파와 다를 게 없지 않나?"

"암. 정파라면 자고로 언제나 행실과 발언에 주의해야
하지. 그걸 지키지 않으면 어찌 낯을 들겠는가."

"쯧쯧. 역시 독 같은 것이나 쓰는 것들은!"

"쉿. 조심하게. 사천당가가 원한을 품게 되면 어찌 되는
지 잊었는가?"

정파는 전부터 예절과 도덕을 특히 중시했다. 그 시점에
서 보면 독봉의 행동은 수긍할 수 없었다.

"후기지수끼리 친목 좀 도모하자는 게 뭐가 나쁜가. 설
마하니 오대세가라고 오악검파를 무시한 건 아니겠지?"

정파 무림은 일찍이 구파일방과 오대세가로 그 체계를
이어 왔다. 그러니 당연히 그 외의 문파들이 불만을 가질
수밖에 없었다.

대부분이 대문파 정도는 아니지만, 그와 견주어도 부족
하지 않을 정도로 세가 강한 이들이었다.

태산파, 숭산파, 항산파 등 오악검파 등이 대표적이었다.

"나야 아예 언급조차 되지 않았으니 괜찮지."

당혜가 워낙 논란인지라 관심이 전부 그쪽으로 몰렸다.
봉추의 이름은 잠깐 등장했다가 떨어졌다.

그렇다 보니 시선은 자연스레 당혜 쪽으로 향했다.

세가의 무사들은 조금 불쾌해 보였으나, 그뿐이었다. 딱

히 소리 내서 화를 내지는 않았다.

칠검전쟁까지 육 일. 날이 저물고 모두가 하루를 정리하고 있을 무렵, 당혜가 신경 쓰여 찾아갔다.

"무슨 일?"

어슴푸레한 달빛을 올려다보던 당혜가 묻는다. 그 시선은 여전히 창공을 향하고 있다.

그녀 뒤에 선 주서천은 그 시선을 따라 달을 올려다보다, 뒤통수를 긁적이면서 입을 열었다.

"소문."

부가적인 말은 덧붙이지 않는다.

"혹시라도 그게 신경 쓰여 전쟁 당일에 어수룩한 실수를 할 것이라 생각했다면, 판단이 과한 거야."

당혜는 똑똑하다. 굳이 말하지 않아도 상황을 추측하여, 알아서 이해하는 지혜를 지니고 있다.

"익숙하니까."

괜찮아, 라고 말하는 것 같았다.

그다음 말은 이어지지 않았다.

그뿐이었다.

그뿐.

*　　*　　*

세상을 뒤덮은 어두운 장막이 걷힌다. 동쪽 능선 너머로 해가 조금씩 모습을 보이며 세상을 비춘다.

칠검전쟁까지 닷새. 무인들의 아침은 이른 만큼 새벽부터 다들 무엇인가의 준비로 바쁘다.

주서천은 남들과는 조금 다른 이유로 바빴다.

'일단 간자들부터 찾아 족쳐야 한다.'

이 자리에 모인 칠대 세력 모두 간자와 풍자가 침투해 있다.

그들은 닷새 후부터 온갖 수단과 방법을 동원하여 전생의 양상을 장기화하는 장본인들이다.

그들의 척살을 영순위로 해야 했다.

대낮에 암살을 할 수는 없는 노릇이니, 일단 날이 저물기를 기다렸다. 당혜나 초련과 전쟁 당일에 어떻게 싸울지 전략을 짜니 시간을 금방 보낼 수 있었다.

중간중간 당혜의 미색이 궁금하여 구경하러 온 자들이 있었지만, 전에 무슨 일이 있었는지 알기에 거리를 두고 지켜만 볼 뿐 접근해 오지는 않았다.

시간은 쏜살같이 흘러, 황혼이 지나고 심야가 됐다.

다만 완전히 암흑으로 물든 건 아니다. 전쟁 직전인 만큼 철저한 경비와 불빛이 있었다.

주서천은 도중에 잠자리에서 홀로 일어났다. 그 움직임을 포착할 수 있는 고수는 없었다.

　'내 살다 살다 이런 짓까지 할 줄은 몰랐다.'

　복면으로 눈을 제외하고 가리면서, 밤에 녹아드는 흑의 차림을 했다. 한눈에 봐도 수상했다.

　최대한 소리까지 줄여 가면서 몰래 빠져나왔다. 상명진인이 경비를 서지 않는 이상 들킬 리가 없었다.

　무림맹 진지에서부터 남으로 사 리 바깥.

　아름드리나무 사이에 흑의인들이 모였다. 그들 모두가 무림맹에 침투한 암천회의 간자들이었다.

　아무 말도 하지 않던 그들은 인원이 딱 스무 명이 되자마자 입을 열었다.

　"무슨 일이지?"

　장대한 체구의 흑의인이 먼저 말을 꺼냈다.

　"우리가 만나는 건 이틀 뒤였을 텐데."

　또 다른 흑의인이 의아한 듯 중얼거렸다.

　"누가 불렀나?"

　밤이 되기 전, 암천회만 알아볼 수 있는 암호가 곳곳에 새겨졌다.

　겉으로 보기에는 의미 없는 생채기 같은 것이나, 암천회만 알아볼 수 있는 암호였다.

"……."

그 누구도 답하지 않자, 분위기가 급변했다.

방금 전까지만 해도 아무렇지 않던 흑의인들이 서로 눈치를 보기 시작하면서 당혹스러워했다.

이 장소로 안내한 암호는 틀림없는 암천회의 것. 그것도 여태껏 특급으로 분류되어 있던 기밀이다.

외부나 풍자처럼 돈으로 고용된 협력자가 알 리도 없으니, 그야말로 오리무중이었다.

누군가가 또다시 물으려는 순간, 수풀 너머에서 목소리가 들려왔다.

"내가 불렀다."

"누구냐!"

스릉!

흑의인들이 번개처럼 검을 뽑았다.

복면 안에는 땀이 송골송골 맺혔다.

"어째서?"

"한 명 더 있을 리가 없다!"

무림맹에 침투한 간자는 이십 명. 그 이상 그 이하도 없다. 그 숫자는 변동이 없어야 한다.

암천회의 두뇌, 천기는 그 누구보다 철저한 사람이다. 예외적인 상황을 결코 두지 않는다.

설사 있다 해도 대부분 그에 대비하여 지령을 내린다. 이런 상황은 여태껏 단 한 번도 없었다.

"그렇게 너무 적대하지 마라. 난 사도천에 침투한 간자다. 사정이 있어 너희와 대화를 하러 찾아왔다."

스물한 번째 흑의인이 차분한 목소리로 말했다.

"사도천에서 왔다고?"

"그래."

흑의인들이 서로를 마주 보면서 눈치를 보다가, 주변에 기척이 없다는 걸 느끼고 경계를 약간 풀었다.

그들은 한참을 눈빛만 교환하다가 이내 무언가 결심한 듯 누군가가 질문을 던졌다.

"사도천에 침투한 간자들은 몇 명이지?"

"……스무 명."

파바밧!

스물한 번째 흑의인이 순식간에 포위당했다.

"뭐하는 짓이지?"

"사도천이나 마교에 침투한 인원은 몇몇 분들을 빼고는 우리도 모른다. 네놈은 대답이 아니라 왜 그러한 질문을 했냐고 물어봤어야 해."

"과연. 혹시 모를 사태를 대비해서 정보가 누출되지 않

도록 간자들끼리도 소속이 다르면 서로를 모르도록 한 건
가."

흑의인, 주서천이 당했다는 듯 어깨를 으쓱였다.

"네놈. 도대체 정체가 뭐냐."

"어떻게 본 회의 암호를 알고 있지?"

암천회의 암호는 한둘이 아니다. 간자들끼리 사용하는
암호는 또 따로 구분되어 있다.

괜히 수십 년 동안 정체를 숨길 수 있는 게 아니었다. 그
만큼 은밀하게 기밀을 철저히 유지했다.

"야, 너희라면 순순히 답하겠냐?"

주서천이 비웃으면서 검을 뽑았다.

"무슨 일이 있더라도 생포해야 한다."

"팔다리 한두 개는 잘라도 상관없다."

흑의인들이 거리를 좁혀 가면서 대화했다.

"하여간 암천회 이 새끼들은 틈이 없어요. 틈이. 너희 그
렇게 살면 안 피곤하냐?"

주변을 슥 둘러보면서 묻자, 여기저기서 숨을 멈추는 소
리가 들렸다. 전부 경악한 눈초리였다.

"본 회의 이름까지 알고 있다고?"

"교란 임무는 잊는다. 간자의 일이 아닌, 놈의 생포를 우
선으로 해라!"

타앗!

스무 명이 동시에 주서천에게 달려들었다.

전부 처음부터 전력을 쏟아 냈다. 눈앞에 상대가 혼자라고, 그 경지가 어떻건 간에 상관하지 않았다.

자만이나 오만 따위는 없었다.

'독한 새끼들!'

방심하지 않는다. 자만하지 않는다.

이 두 가지만으로도 충분히 섬뜩했고, 얕볼 수 없었다. 괜히 여태껏 조심하던 게 아니었다.

쐐액!

사방팔방으로 검이 바람을 가르면서 날아왔다. 각기 검기가 맺혀 있는 걸 보면 확실히 전력이 맞았다.

다만 생포하기 위해서인지 살초는 아니었다. 목이나 심장, 폐 등 치명상으로는 향하고 있지 않다.

주서천은 왼발을 축으로 삼아 힘껏 회전했다. 손에 쥔 검도 원을 그린다.

채채챙!

검이 닿기도 전에 검풍에 휘말려 위로 튕겨 나갔다. 검을 쥐고 있던 주인들도 검과 함께 뒤로 밀려났다.

'전부 절정?'

주서천이 속으로 혀를 내둘렀다.

방금 전 반격에 상당한 공력을 실었다. 최소 절정이 아니라면 밀려나는 게 아니라 나가떨어져야 한다.

그러나 주서천보다 놀란 건 암천회였다.

그들은 하나같이 눈앞에 일어난 상황을 도저히 믿지 못했다.

'이럴 수가!'

온갖 상황에 평정하도록 훈련받았으나, 지금은 그들조차도 눈을 부릅뜬 채 대경했다.

절정에 이른 고수 열둘이 동시에 공격했다. 아무리 살초가 아니더라도 전력을 가했다.

설사 초절정의 고수라도 이와 같은 공격을 전부 막지는 못하는데, 주서천은 방금 전에 가볍게 쳐 냈다.

눈으로 보고도 이성이 받아들이지 못하는 상황이다.

"물러나라!"

누군가가 외치자, 이십 명이 전부 뒤로 물러났다.

"어딜!"

주서천이 어림없다는 듯, 목소리를 따라 움직였다.

남서 방향에 있던 흑의인이 그걸 보고 황급히 자세를 고치려 했으나, 이미 그의 검이 바람과 함께 이마를 꿰뚫으면서 커다란 구멍을 낸 이후였다.

"뭔……."

"갈!"

당황하려던 찰나, 누군가가 정신 차리라는 듯 크게 외쳤다. 도가 무학 특유의 정순한 목소리다.

암천회의 간자들은 그제야 놀라움을 뒤로 미루고 지금 이 상황에 집중했다. 생포하는 데 힘써야 했다.

파바밧!

흑의인들이 평정을 찾자, 검세가 폭풍처럼 쏟아진다. 어디 한 곳 빈 곳이 없었다. 거의 죽일 기세다.

채채챙!

이런 폭풍우 같은 검세라면 초절정 고수라도 몇 초 버티지 못하겠지만, 애석하게도 상대는 화경이다.

주서천은 폭풍우에도 아랑곳하지 않고 예상했다는 듯이 검으로 전부 받아쳤다.

금속끼리 부딪치면서 불꽃이 튀고, 마찰음을 토해 냈다. 달빛이 구름에 가려진 어둠 속에서 검광이 미약하게나마 번쩍번쩍 빛나면서 주변을 밝혔다.

암천회는 처음부터 끝까지 전력을 다했다. 생포라는 목적에 맞춰 사혈만 빼고 공격에 임했다.

하지만 원래 죽이는 것보다 제압하는 것이 더 어려운 법. 하물며 상대가 더 고수임에도 이렇게까지 하니 힘이나 체력의 소비가 상당했다.

얼마 지나지도 않았는데 몇몇의 호흡이 흐트러졌고, 그 흐트러짐은 곧 틈이 됐다.

비록 그 순간은 찰나에 불과했으나 주서천은 틈을 놓치지 않고 귀신같이 잡아채 파고들었다.

"커헉!"

검이 폐를 찌른다. 숨과 함께 몸이 경직됐다.

휘익!

검이 몸에 박히자, 옆에서 누군가가 이때다, 하고 어깻죽지를 노려 검을 수직으로 힘껏 휘두른다.

주서천은 그걸 보고 검을 빼내지 않고 그대로 우측 상단 방향을 향해 대각선을 그렸다. 이에 검이 살과 함께 뼈를 두부처럼 베면서 흑의인의 검을 쳐 냈다.

"무슨!"

팔을 어깨째로 베려던 흑의인이 경악했다.

살과 뼈를 베는 건 보다 강한 힘을 줘야 하고, 또 그만큼 마찰이 생기니 속도도 느릿해지기 마련. 그러니 바깥에서 휘두르는 검만큼 빠르지 못해야 한다.

한데 그걸 무시하고 절정의 고수가 전력을 다해 벤 검을 손쉽게 쳐 냈으니 입을 떡 벌릴 만한 일이었다.

주서천은 그대로 왼손을 뻗어 놀란 흑의인의 목덜미를 낚아챘다.

"컥!"

우드득!

목뼈가 손아귀 힘을 버티지 못하고 부러졌다. 공포로 얼룩지려던 눈동자의 빛이 암흑으로 물들었다.

손에 쥔 흑의인의 몸이 연체동물처럼 축 늘어졌다.

팟!

그사이에 공격이 들어온다. 검 줄기가 유성의 꼬리처럼 기다란 궤적을 남기면서 주서천의 등을 노렸다.

주서천은 그대로 몸을 휙 돌려 손에 쥔 흑의인을 방패 삼아 막았다.

남은 숫자는 열일곱. 아직 많지만 부담은 아니다. 전부 방금 전까지 전력을 냈기에 소진한 내공이 많았다.

복면으로 가려 표정이 보이지 않았으나, 지쳐 있는 모습이 눈에 훤히 보였다.

주서천의 검이 사라졌다가 나타났다. 방패로 삼고 있던 흑의인을 찌른 자의 목이 뎅겅 잘렸다.

"이제 열여섯."

순식간에 넷이 당했다. 열여섯 명이 주서천에게 다가가지 않고 포위를 유지하면서 뒷걸음질 쳤다.

"네놈…… 도대체 누구냐."

암천회가 신음을 흘렸다.

"네놈들은 도대체 누구냐."

주서천이 흉내 내듯이 중얼거렸다.

그러곤 검을 들어 앞을 가리키며 말을 잇는다.

"네놈들이 수십, 수백 번은 들었을 말이겠지."

십 년 후에 본격적으로 모습을 드러내기 전까지는 철저히 어둠에 몸을 숨기고 있던 암천회.

그 전까지 그들과 마주한 이들 모두가 물었다.

이 정도 되는 힘을 숨기고 있던 세력은 어디인가?

그리고 그들은 도대체 누구인가?

그 물음에, 암천회는 이렇게 답했다.

"알 필요 없다."

주서천의 몸이 사라졌다. 정말로 사라진 게 아니다. 그 움직임이 워낙 빨라 사라진 것처럼 보였다.

"크아악!"

물음을 던졌던 자가 피를 흩뿌리면서 쓰러졌다.

열다섯 명이 남았다.

'과연.'

주서천은 이로써 간자들 중에서 우두머리라 할 수 있는 자가 없다는 걸 확신할 수 있었다.

아까 전부터 명령을 내리는 것처럼 말하거나 대표로 의심되는 자들을 우선적으로 죽였으나 동요가 없었다.

"방식을 바꾼다."

목소리가 경계심으로 인해 잔뜩 날이 섰다.

"이제부터 살초라도 상관없으니 전력을 다해 공격해라."

"이대로 두었다간 이겨 내지 못할 테니, 일단 죽이고 난
다음 시체를 조사한다."

"이해."

아무래도 서로 간에 서열은 평등한 듯하고, 따로 내려오
는 명령을 받아 행동하는 것 같았다.

추측이 끝나기 무섭게 열다섯 명이 일제히 덤벼든다. 전
과는 달리 솜털이 쭈뼛 설 정도의 살기였다.

"와라!"

주서천이 이십사수매화검법으로 대응에 나섰다.

일초식인 매화노방부터 시작해 팔초식인 매화혈우까지
물 흐르듯이 이으면서 화려한 검초를 보였다.

그 검에 휘말려 전방에 있던 적 셋이 피를 흩뿌리면서 비
명도 없이 절명했다.

"악! 화산의 검! 그것도 이십사수매화검법이구나!"

열다섯에서 열둘이 되자마자 여기저기서 주서천의 검을
알아채는 자들이 속속 등장했다.

전부 정파 소속. 그것도 절정에 이르는 간자들이니 이십
사수매화검법을 알아보는 건 이상하지 않았다.

"매화검수!"

유일하게 노출된 눈 부위에는 주름이 없으니, 연령대가 젊다는 건 분명하다.

그에 따르면 화산의 이대제자는 아니고 삼대제자. 현역의 매화검수라는 것까지 알아낼 수 있었다.

"그러는 너희야말로 정말 다양하게 있구나?"

주서천의 입가가 깊게 파였다. 복면 안에서 히죽 웃고 있는 것이 간자들의 눈에도 보였을 것이다.

"곤륜의 운룡십삼검(雲龍十三劍)."

몇몇 흑의인들이 몸을 움찔 떨었다.

"태산의 낙하구구검(落霞九九劍), 숭산의 구곡검법(九谷劍法), 항산의 일송검법(一松劍法)!"

주서천은 화산의 무공뿐만 아니라 정파와 사파, 심지어 마도이세의 마공에 대해서도 잘 알고 있었다.

설사 사문과 운으로 살아남았다 할지라도, 그만큼의 여러 전장을 돌아다녔기에 실제로 본 무공이 상당했다.

"어떻게 매화검수가 혼자서 나올 수 있지?"

그들은 도저히 이해할 수 없었다. 시간을 끌려는 수단 같은 것이 아니라, 순수한 의문이었다.

이십사 명으로 구성된 매화검수는 결코 혼자 행동하지 않는다. 언제나 반드시 이 인 이상으로 행동했다.

"아니, 그것보다 정말로 매화검수인가?"

매화검수는 화산의 정예인 만큼, 일거수일투족 감시를 당한다.

화산파의 다른 제자라면 모를까, 매화검수가 화산을 나왔다면 암천회가 그걸 놓칠 리 없었다.

"매화검수라……."

주서천이 손에 쥔 검에 힘을 주었다.

"그게 너희가 도달한 결론인가?"

내기가 기맥을 타고 흘러 검으로 향한다. 그 내기는 평소와 같이 푸르스름하지 않았다.

꿀꺽.

누군가가 침을 삼켰다. 그들의 얼굴이 모두 긴장으로 굳어졌다.

"정말로?"

쐐애액!

소리가 길게 늘어진 순간, 휘두른 검에서 뿜어져 나온 바람이 파도가 되어 주변을 덮쳤다.

워낙 순식간에 벌어진 일에 흑의인들은 회피하지도 못하고 얼른 검을 휘둘러서 막기에만 급급했다.

"허어."

제일 앞에 선 흑의인이 탄식했다. 복면 탓에 비록 눈 주변만 노출되었으나, 피부가 하얗게 질려 있었다.

"쿨럭!"

흑의인둘 중 무려 네 명이나 피를 토하면서 제자리에서 무릎 꿇었다.

그들 안색은 거무튀튀하게 변했고, 그중 한 명은 눈에서부터 검붉은 피를 흘리기 시작했다.

열다섯 명이 이십사수매화검법으로 열둘이 됐고, 방금 전의 검풍으로 네 명이 줄어 여덟이 됐다.

"독이라고……?"

그저 검풍을 막아내려 했다. 그런데 그게 아니었다.

검풍이라 생각했던 바람이 알고 보니 독풍(毒風)이었다.

방심과는 다르다. 자만은 더더욱 아니다.

눈 깜짝할 사이에 여덟을 처리한 검의 고수였다.

독을 쓸 거란 생각은 상상조차 하지 못했다.

순수한 검풍이라 생각하는 건 당연한 일이었다.

만약 독공의 고수였다면 미리 대비했을 것이다. 이들 중 누구도 독을 가벼이 여기지 않는다.

그야말로 상식에서 완벽히 벗어난, 예상외의 일이 벌어졌다.

"도대체……."

그들은 몇 번이나 질릴 만한 물음을 던진다.

"도대체 뭐하는 놈이냐……?"

독공도 검처럼 단계가 있다.

원래 보통은 누군가에게 몰래 먹이거나, 가루의 형태로 뿌리거나, 무기에 발라서 사용하는 법이다.

더 나아가면 독기를 하나의 내공으로 취급하고, 자유자재로 다뤄 독장(毒掌) 등 무공으로 응용한다.

그리고 일정한 경지. 일류의 최상 정도 오른다면 장풍처럼 외부로 발현해 중독시킬 수 있었다.

또한 그런 경지가 결코 흔한 게 아니거늘, 그걸 이십사수 매화검법을 연공한 검의 고수가 펼쳤다.

화산파에 그런 인물 따위는 존재하지 않는다.

아니, 화산파 역사상 그런 인물은 없다.

어불성설(語不成說).

존재 자체가 말이 되지 않는다.

아무리 이해하려고 해도 머리가 안 따라갔다.

"그 기분, 누구보다 잘 알지."

암천회주가 중도만공으로 그 신위를 보였을 때.

그때 무림이 어떤 반응이었는지 잘 기억한다.

아마 눈앞의 흑의인들과 별반 다를 것 없었겠지.

주서천은 피식 웃으면서 검에 기를 주입한다. 전과 다르게 푸르스름하게 빛나는 청아한 색이었다.

파츠츳.

실타래처럼 얽힌 기가 한곳에 모인다. 물처럼 일렁이던 것이 점차 견고해지고 형체를 갖췄다.

"내가 누구냐고?"

딱딱딱!

턱이 부딪치면서 소리를 냈다. 온몸이 사시나무처럼 떨려 왔다. 전의(戰意)가 나락으로 떨어진다.

"생포 및 척살을 포기한다."

쿵쿵쿵.

심장이 성난 황소처럼 날뛰었다. 그걸 제대로 되돌리려고 해도 어째선지 돌아오지 않는다.

"누구라도 상관없다."

그렇게 배웠던 평정심도 소용없었다. 눈앞에서 일어나는 현상은 상식을 달리하는, 절망 그 자체였다.

"당장 여기서 도망쳐서 회에 보고를 올려야 한다."

꿀꺽.

"누군지 모를, 괴물이 있다고."

탓!

말이 끝나기 무섭게 여덟 명이 서로 다른 방향으로 달렸다. 그 속도는 두말할 것도 없이 전력.

"누구냐고?"

발에 불이 나도록, 용천혈이 과한 내기의 주입에 폭발하기 직전까지 몸을 날린다.

"나는."

주서천이 무릎을 굽힌다. 단전에서부터 용솟음친 내공이 기맥을 한 바퀴 돌아 신체에 힘을 줬다.

"화산파의……."

대퇴 근육이 한 차례 수축됐다가 이완됐고, 다시 수축된 순간, 밟고 있던 곳이 굉음과 함께 폭발했다.

"주서천이다."

화경의 고수, 그것도 괴물 같은 내공의 소유자가 전력으로 경공을 펼치는데 그걸 떨쳐 낼 리 없었다.

서걱!

뒤에서 무언가 다가왔다는 생각이 들면, 시야가 빙글 돌아가며 목이 베여 쓰러지는 육신을 목격했다.

나머지 일곱 명도 마찬가지였다.

다른 방향으로 도망친 것 자체가 한 명을 쫓게 만들어, 그 사이에 거리와 시간을 벌리기 위해서다.

"아악!"

한데 눈 깜짝할 사이에 따라잡히고, 반격 하나 제대로 하지 못한 채 당하니 의미가 없었다.

"컥!"

반대로 전부 도주에만 집중한 것이 실수였다. 조금이라도 반항했으면 또 모른다.

하지만 뒤도 보지 않고 도망치는 탓에 검강을 어찌 피하지도 못하고 일격에 목숨을 잃었다.

결국 여섯 명은 무림맹 진지로 반도 가지 못한 채 싸늘한 주검이 되어야 했다.

"크허억……."

사신의 검이 드디어 내려갔다. 그 대신 손에는 최후에 말을 한 간자가 대롱대롱 매달려 있었다.

최후로 남은 간자는 고통으로 얼룩진 눈동자로 주서천을 내려다보면서 희미하게 웃었다.

"나를…… 고문해도…… 나오는 건…… 없……."

우득!

"나도 알아."

第二章
전쟁발발(戰爭勃發)

녹안만독공의 사성의 확인도 끝냈다.

그 거리가 넓지는 않지만 그래도 이제 멀리 있는 적에게
도 독공으로 공격할 수 있었다.

간자들은 한 사람도 남기지 않았다. 어차피 그들의 임무
는 교란과 전장의 조율. 그리고 정보 취득이었다.

존재 자체만으로도 방해가 되는 데다가, 어차피 고문해
도 입을 열 놈들이 아니다.

아니, 애초에 정보조차도 간자들보다 자신이 알고 있는
바가 더 많았다.

"얼굴은…… 누구인지는 모르겠네."

복면을 벗겨 봤지만 누구인지 알 수가 없다. 품 안을 뒤져 봤으나 신분을 증명할 만한 것이 없었다.

애초에 복면을 쓰고 흑의까지 입었는데 그런 걸 가져올 리가 없다.

주서천은 곳곳에 흩어진 시체를 한곳에 모였다.

그리고 두 사람씩 어깨에 매달고 경공을 극성으로 펼쳐 전력으로 달려 근처의 황하에 유기(遺棄)했다.

진지가 위치한 고원과는 달리 수심이 깊고 물살이 센 곳이어서, 증거를 인멸하기에는 최적이었다.

화장을 하면 연기가 보일 테니 추적을 당할 것이고 땅에 묻기에도 인원이 많으니 티가 난다.

진지 방면과는 반대로 시체를 유기했으니 발견될 가능성도 적고, 발견될 때는 알아보기도 힘들다.

"슬슬 돌아가도록 하자."

이튿날이 밝았다.

간밤에 일어난 일 탓에 당연히 소란이 일어났다.

하룻밤 사이에 절정 고수 이십 명이 사라졌다.

"허어, 이게 도대체 무슨 일인지……."

"사도천이나 마교의 음모가 틀림없습니다!"

"자객을 보낸 것이 틀림없소!"

나흘을 남기고 고수들이 실종됐다. 그냥 넘어갈 수는 없는 일이었다.

다들 입을 모아 하나같이 사도천이나 마교의 짓이라면서 의견을 내놓았다.

"그런데 왜 남궁세가는 아무렇지 않은 거요?"

다른 의견도 있었다. 남궁세가에도 의심의 눈초리가 향했다.

정파 무림맹 오대 세력 중 남궁세가만 제외하고 고수들이 실종됐다. 의심받지 않으면 그게 더 이상하다.

"지금 우리를 의심하는 건가?"

"말이 심하군."

당연하다시피 불쾌하다는 반응이 돌아왔다.

"진정! 진정하시오!"

상명진인이 중재에 나섰다.

"전날 밤 경비에 의하면 어떠한 소란도 없었다고 하오. 그렇다면 즉 이십여 명이 자기 발로 나갔다는 것인데, 이상하지 않소? 일단 내부를 의심하는 행동은 멈추길 바라오. 어쩌면 그것이야말로 사도천이나 마교가 바라는 것일지도 모르외다."

"끙."

"흥."

상명진인의 중재에 가까스로 싸움이 일어나는 건 막을

수 있었다.

"조사하고 싶은 마음은 굴뚝같지만, 비급 쟁탈전까지 겨우 나흘. 이 일은 나중으로 미루고 지금은 경계를 강화하고 칠검전쟁에 대비할 때요."

"그렇다면 상명진인께서는 이 안건을 묻어 두자는 겁니까? 지금 누군가의 사형이자 사제가 행방불명됐소."

"그 마음을 모르는 건 아니나, 강호에는 '어쩔 수 없다'라는 상황이 있다는 걸 알고 있지 않소? 행방불명된 자 중에선 본 파의 제자도 있소. 그 마음을 모르겠습니까."

"끙."

"만약 여기서 조사 인원을 따로 뺀다면, 비급 쟁탈전에 불리할 것이오. 내 본부로 서신을 보내 개방도에게 조사를 의뢰할 테니 거기에 맡겨 둡시다."

상명진인은 유능했다. 무공만으로 장문인이 된 것이 아니었다. 괜히 미래의 영웅이 아니었다.

한편, 모든 일의 원흉(?)인 주서천은 이 상황을 가만히 지켜보고 있었다.

'상명진인이 난사람은 난사람이야. 그보다, 남궁세가 출신이 없던 걸 보면 역시 세가에는 간자를 심어 놓기가 어려운 편인 것 같군.'

오대세가는 혈육을 우선시하고 조금 폐쇄적인 성향이 있

다 보니 침투하기가 어려웠다.

무엇보다 남궁세가의 전대 가주가 무림맹주 아닌가. 그 눈을 피하기가 보통 쉬운 게 아니었다.

'그리고 정말 만약에 간자들의 신분이 노출되거나 혹은 이번과 같은 일이 벌어진다면 자연스레 남궁세가가 의심을 받을 테고, 결과적으로 불화를 만들 수도 있다. 여전히 소름 끼칠 정도로의 계획성이야.'

주서천이 혀를 내두르면서 다음 준비를 했다.

'다음은 사도천의 간자들을 처리한다. 다만 경계가 강화될 테니 오늘 밤에 나오는 데 고생 좀 하겠군.'

추가적으로 행방불명된 이름을 듣자 간자들의 정체도 누구인지 알게 됐다.

남궁세가를 제외하고 사대 세력에서 나름대로 이름을 알린 제자들이었고, 그중에서 대어도 있었다.

항산파 장로의 제자로, 검호와도 친하게 지냈던 절정 고수였다.

다시 날이 저물었다. 예상했던 대로 오늘은 은밀하게 빠져나오는 데 힘이 좀 들었다.

어제 내공을 제법 소모했으나 걱정될 수준은 아니다. 여전히 단전에 잠든 내공의 양은 상당했다.

그리고 오늘은 어제보다 좀 더 빠르게 출발했다.

사도천 진지에 도착해서 암호를 남길 시간이 필요해서였다. 다행히 일은 계획대로 척척 진행됐다.

"누구냐!"

무림맹 간자들 때처럼 조금 먼 곳에서 집결시켰고, 이리저리 실랑이 끝에 전멸시켰다.

사도천 소속 간자는 무림맹보다 많았다. 그 대신 고수는 적고, 하수들이 주를 이루었다.

그 숫자는 서른둘. 인원이 많긴 했으나 무림맹 소속 간자들보다는 무공이 약해 처리하기는 쉬웠다.

"네놈, 도대체……."

"그 말은 지겹다. 죽어라."

"크아악!"

고문하지는 않았지만, 그래도 몇 가지 대화를 통에 건진 정보가 있긴 했다.

각 세력에 침투한 간자들은 비급 쟁탈전 삼 일 전에 집결하여 칠검전쟁에 관련된 회의를 하려 했다.

그동안 별 이상 없었는지, 그리고 임무에 대해 점검한 뒤에 상부에 보고할 예정이었다고 한다.

각 세력과의 연락도 이 이후에 할 예정이었는데, 그 탓에 무림맹 간자들이 전멸한 것도 몰랐다.

무림맹이 이 일을 비밀에 부치기도 했고, 침투한 세력이 다른 간자들끼리 서로 모른 탓이기도 했다.

"운이 또 그렇게까지 좋은 것만은 아닌가."

하필이면 이튿날이 삼 일 남은 날이다.

아직 마교가 남았지만, 시간이 부족했다.

'하루만 더 있었으면 좋았을 텐데.'

그렇다고 가만히 있을 수는 없는 노릇. 두 군데는 처리했지만 그 남은 한 군데로도 변수가 남는다.

위험을 감수하더라도 오늘처럼 처리해야만 했다.

'슬슬 천권(天權)이 움직일 때가 됐군.'

＊　　　＊　　　＊

이튿날.

사도천도 무림맹과 반응이 비슷했다. 제일 먼저 무림맹과 마교부터 의심했다. 경계도 강화됐다.

무림맹을 향한 적대심을 비롯해 온갖 욕이 쏟아진 건 두말할 것 없었다.

"언제나 우리보고 비겁하다 하더니만, 정파 놈들도 별다를 게 없지 않나."

"더러운 위선자 새끼들!"

참고로 간자들 출신은 정말 다양했다. 사도칠문에서부터 시작해 중소 문파도 있었다.

대신 절정 정도 되는 고수는 두세 명밖에 없었다.

한편, 사도천 만큼 이번 사태에 격렬한 반응을 보이는 세력이 있었다. 두말할 것도 없이 암천회였다.

날이 밝았을 때, 보고가 올라왔어야 한다.

하지만 올라오지 않았다. 그것도 무려 두 곳에서다.

"무슨 일이 일어난 것이냐."

드디어 또 다른 칠성사의 우두머리가 움직였다.

그 이름은 천권. 저울(權)이라는 이름에 걸맞게 상황이나 세력의 힘을 측정하고 균등하게 만든다.

천권의 밑에는 칠성사병이 적지만, 그 대신 간자와 풍자가 있었다. 그들이 따르는 자가 바로 천권이었다.

천권은 이들을 이용해서 첩보를 받고, 그 정보를 이용해 각 세력이 동시에 약화하도록 힘을 썼다. 또한 이번 혈근경의 비급 쟁탈전, 칠검전쟁을 책임지는 암천회의 수뇌였다.

"어떻게 된 영문이지?"

기다려 보기도 했지만 여전히 보고는 없었다. 무림맹 한 곳이라면 모를까 사도천에서도 없었다.

무슨 일인가 하고 알아보자, 금세 정보가 들어왔다.

"……사라졌다고?"

마교를 제외한 육대 세력에 심어 둔 간자가 행방불명됐다. 무슨 일이 있는 게 분명하다.

어쩌면 생사를 알 수 없는 게 아니라, 누군가에게 살해당했을지도 모른다. 그들은 전쟁을 삼 일 남겨 두고 연락도 없이 사라질 만큼 결코 어리석지 않다.

"천기."

천기와는 그다지 멀지 않은 곳에 있었다.

암천회가 칠검전쟁에 심혈을 기울인 만큼, 암천회 전부를 통괄하는 천기도 다른 곳에 신경을 덜 썼다.

천기는 그 말을 듣자마자 이를 부드득 갈았다.

"정말이지 귀신에라도 홀린 기분이로군. 이로써 누군가가 본 회에 대해 알고 있다는 게 확실해졌다."

"그럴 리가."

"천권. 그 생각을 고치지 않는다면 헛된 곳만 파헤칠 것이다. 그것이야말로 오만이다. 주의해라."

오만까지는 아니다. 천권의 반응은 정상적이었다.

암천회는 무림맹, 사도천, 마도이세에서 정체를 숨겼다. 그 시간도 하루 이틀이 아니었다.

그런데 암천회조차 파악하지 못한, 자신들의 비밀을 파악한 적이 등장했다는 걸 쉽사리 믿을 수 없었다.

"천선과 옥형(玉衡)에게 본 회에 대해 알고 있고, 배신하

거나 발설할 만한 자를 조사하라고 말해 두겠다. 천권, 네
놈도 마찬가지다. 놈을 찾아 생포해서 데려와라. 놈의 가치
는 칠검전쟁 이상이다."

암천회에 대해서 얼마나 알고 있느냐에 따라 대계가 천
지 차이로 바뀐다.

천기는 정체불명의 적을 위험 인물로 정했다.

"궁귀검수에 보이지 않는 적이라……."

천기가 불길한 듯 손톱을 물어뜯었다.

천기, 천선, 천권, 옥형!

칠성사 중 무려 네 명이 주서천을 쫓기 시작했다.

*   *   *

'아쉽지만 마교는 포기한다.'

절대적으로 시간이 부족했다. 그리고 보고가 올라오지
않아 움직일 천권 등의 암천회도 신경 쓰였다.

어차피 칠대 세력 중 육대 세력의 간자가 전부 사망했다.
한 곳 정도는 내둬도 큰 영향은 안 끼친다.

바람잡이, 즉 풍자들도 마찬가지다. 간자가 없으니 바람
잡을 거리도 없어졌다.

그리고 삼 일 뒤.

무림맹과 사도천, 그리고 마교는 논란 속에서도 전쟁의 준비를 끝내고 비급 앞 고원에 집결했다.

　　그 숫자가 삼천이었고, 각각 천 명이었다.

　　휘이잉.

　　조금 쌀쌀하게 느껴질 바람이 정중앙의 고원에 있는 혈근경이 담긴 철함을 스치고 지나갔다.

　　전날 밤까지 철저한 경비를 하다 문제없이 전부 물러났다. 모두가 지켜보던 자리에서 후퇴했고, 이후에도 수상한 행동을 한 사람은 한 명도 없었다.

　　"날이 밝았소!"

　　상명진인의 목소리가 울려 퍼졌다. 어찌나 큰지 메아리가 되어 적대 세력의 진지에까지 전해졌다.

　　"혈근경은 본 교의 것이다!"

　　염화살마가 천 명의 마교도를 뒤로 두고 외쳤다.

　　"그게 그렇게 갖고 싶어서 몰래 암살이나 했느냐!"

　　산화일장이 삼 일 전의 일에 대하여 외쳤다.

　　"누가 할 소리!"

　　"그래서 네놈들이 사파라는 게다!"

　　무림맹도 당한 것이 있어 격렬하게 반응했다.

　　마교는 저게 뭔 개소리냐는 반응이 나왔다가, 이내 수그러들었다.

마공의 영향으로 이제 곧 싸울 것이라는 상황에 흥분한 듯 살의로 가득한 눈을 번들거렸다.

"힘이 곧 모든 걸 지배한다!"

염화살마가 으르렁거렸다.

"죽여라! 약탈해라! 빼앗아라! 힘이 모든 것이라는 걸, 그게 곧 면죄부라는 마교의 법칙을 가르쳐 줘라!"

와아아아아!

하늘이 무너질 만큼의 함성 소리가 주변을 뒤덮는다. 그 뒤로 무림맹과 사도천의 함성이 따랐다.

칠대 세력이 전부 한곳으로 향해 진격한다. 목적지는 두말할 것도 없이 중앙의 고원이었다.

각 세력에서 발이 빠른 별동대들이 따로 빠져나왔다. 나머지 인원들은 격돌할 적군에 대비했다.

채앵!

첫 번째 금속음이 터져 나왔고, 그 뒤로 수많은 철음이 공명하듯이 시끄럽게 울어 댔다.

하지만 그 소리조차도 얼마 지나지 않아 비명 소리에 의하여 묻혔다.

"크아아악!"

"아악!"

"이 더러운 사파 놈들!"

"정파의 위선자 새끼들아!"

"크하하! 죽어, 죽어라!"

난리도 아니었다. 삼천 명이 전부 한곳에 몰려 싸우는 건 장관이었다.

한순간에 수십 명이 목숨을 잃는다.

지옥이 있다면, 이곳이었다. 인세의 지옥이 여기에 펼쳐져 있었다. 푸르른 꽃도 시뻘겋게 물들었다.

"하하! 이제 나도 천하제일 고수다!"

별동대 중 사도천이 먼저 도착했다.

사파의 일류 무사가 철함을 들고 희희낙락했다.

"병신!"

푹!

"컥!"

일류 무사가 철함을 놓치면서 피를 토했다. 믿기지 않는 듯, 가슴에 꽂힌 검을 내려다보다 고개를 올렸다.

"너, 너 이 새끼…… 형님인 나를……!"

"피도 안 나눈 의형제인데 뭘 형님이요? 으하하! 강호 무림이란 게 원래 이런 거 아니겠소?"

일류 무사의 의동생이자, 별동대원이 욕심으로 번들거리는 눈으로 히죽 웃었다.

그는 인사하기 무섭게 떨어진 혈근경을 주워 사람이 없는 방향을 향해 전력으로 달렸다.

"그렇게 소리치는 것 자체가 어리석……."

서걱!

그 말은 이어지지 못했다. 고원에서 일 장 벗어나기도 전에 그 목이 허공으로 떠올라 바닥을 굴렀다.

"흐! 혈근경이라!"

"마공이라 하면 본래 본 교의 것이 아닌가!"

뒤늦게 도착한 마교도가 음산하게 웃었다. 얼굴에 묻은 피를 혀로 핥는 모습은 괴기 그 자체였다.

"아아……."

그다음으로 도착한 무림맹 별동대가 할 말을 잃은 채 탄식했다. 방금 전 벌어진 상황에 말을 잃었다.

무림 비급이란 이런 것이다. 어떤 무공이건 간에 의(義)로 맺어진 연조차 한순간에 끊어 버린다.

"여기에서 곱게 빠져나가지는 못할 것이다."

곤륜의 무인들이 혈근경을 쥔 마교도를 포위했다.

"흐! 곤륜의 말코 놈들!"

"지긋지긋하구나!"

칠검전쟁. 그 전쟁이 이제 막 시작됐다.

눈을 감으면, 과거의 기억이 머릿속을 스쳐 지나간다. 누군가의 비명이, 다른 누구의 비명을 불렀다.

전생에 칠검전쟁에 참전한 적은 없다. 그때는 아직 화산파에서 얌전히 수련만 하고 있을 때였다.

그러나 눈앞의 광경은 어느 때보다 익숙했다. 여기에 있는 그 누구보다 잘 알고 있었다.

머리까지 어지러울 정도로 코를 찌르는 짙은 혈향과 고막을 찢어발길 정도로 화음을 이루는 비명까지.

머릿속 두뇌 너머 영혼 깊숙이 각인되어 있었다.

"가라! 정상을 향해라!"

남궁재영의 목소리가 그 상념을 깨웠다.

과거가 사라지고, 현재에 도착한다.

멈췄던 시간이 다시 흘러갔다.

무림맹 천인대는 오대 세력에 맞게 이백 명씩 다섯 부대로 나눠졌다. 그중 이십 명씩 빠져 별동대를 구성하고, 전쟁이 시작되자마자 먼저 정상으로 향했다.

한 부대당 백팔십 명이 남았고, 주서천 일행의 경우 남궁재영이 지휘하는 부대로 들어갔다.

"남궁세가와 사천당가다!"

제일 먼저 마주친 적은 사도천 무리였다.

"선봉은 저희에게 맡겨 주시지요!"

당혜의 소맷자락이 펄럭이자, 그 안에서 독을 바른 침이 위를 향해 치솟았다가 비처럼 쏟아져 내렸다.

"으아악!"

"폭우이화침(暴雨梨花針)이다!"

당가의 독문 암기로서, 한두 개가 아닌 수십여 개를 단숨에 발사해 폭우처럼 쏟아 내리게 한다.

조금이라도 찔릴 경우 곧장 중독되기에 무림에서도 악명 높기로 유명하다. 다만 제조법이 손쉬운 것이 아닌지라 당가에서도 귀한 쪽에 속한다. 사용하는 데 마음 좀 먹었다.

"독봉! 네 이녀…… 커헉!"

중독된 사도천 무사가 달려오다 고꾸라졌다.

"됐다! 이제 뒤로 물러나라!"

남궁재영이 당혜를 칭찬하면서 후퇴 명령을 내렸다.

'아무리 독왕이 딸에게 관심이 없다고 한들, 그래도 딸아이를 챙겨 주면 약간의 빚을 지게 할 수 있다.'

남궁재영은 이와 중에도 명분에 관한 이익을 계산하여 행동했다.

"남궁세가의 창궁(蒼穹)을 똑똑히 보여 줘라!"

와아아아!

남궁세가가 사천당가 일행을 호위하며 나아갔다.

"거참, 너무하구만! 저 좀생이 놈들!"

초련이 그걸 보고 욕했다.

같은 부대인데도 금의검문 취급은 좋지 못했다. 도와줄 생각은커녕 존재 자체도 잘 인식하지 않았다.

그러다 보니 금세 주변의 목표가 됐다. 사도천인지 마교인지도 모를 험상궂은 남자들이 덤벼들었다.

"죽어랏!"

"너나 죽어라!"

주서천이 검을 화려하게 휘둘렀다. 검 줄기가 지나갈 때마다 적들이 추풍낙엽처럼 나가떨어졌다.

전생에서 몇 번이나 봐 왔던 전장. 그러나 전과는 다른 점이 있으니, 바로 무위였다.

전에는 고수들의 눈을 피해 가면서 하수들과 싸우다가 지치면 적당히 숨어 지냈다.

운이 좋아 어찌어찌 전쟁이 끝날 때까지 살아남을 수 있었고, 중상을 입어도 사지는 무사했었다.

하지만 지금은 아니다. 그럴 필요가 없다.

그렇게 우러러보던 고수이자 강자가 자신이었다.

"대장. 이건 언제까지 들고 있어야 하오?"

금의검문 무사들 중 한둘도 아니고 무려 여섯 명이 삼 척 길이의 상자를 들고 따라오고 있다.

무게가 나가 힘든 것 같지는 않지만, 전장 한복판이니 주변의 습격에 불안한 듯 눈동자를 굴려 댔다.

"한번 쓰면 끝이지?"

"그렇소."

"그러면 좀 더 기다려."

전장은 혼돈 그 자체였다. 더 이상의 구분이 무의미했다. 다들 뒤섞여서 서로를 공격하는 데 힘썼다. 그중에서도 눈에 띄는 무리가 있었는데, 바로 소살대(燒殺隊)였다.

"전부 태워 죽여라!"

염화살마가 바짓가랑이를 주물럭거리면서 웃었다.

눈앞에 있는 사람들이 불에 타면서 비명을 지를 것을 상상하니 아래쪽 분신이 벌써부터 벌떡 섰다.

전에 산화일장이 말한 대로 염화살마는 사람을 태워 죽이는 데 쾌감을 느끼는 이상성욕자였다.

"크하하핫!"

"죽어라!"

소살대원들은 대주인 염화살마만큼은 아니었으나 사람을 태워 죽이는 것을 즐거워하는 마인들이었다.

그들이 지나가는 곳마다 불길에 휩싸여 괴로워하는 무인들이 한둘이 아니었다.

"하하하! 저걸 봐 봐!"

"춤을 아주 잘 추는걸!"

소살대원 몇몇은 나비처럼 춤춘다면서 박수를 쳤다. 도저히 제정신으로 보기 힘들었다.

그야말로 악몽 그 자체!

염화살마는 소살대를 이끌고 정상으로 향했으나, 얼마 지나지 않아 그들을 가로막는 무리가 있었다.

"네 이노오옴!"

상명진인의 분노로 가득한 외침이 청천벽력처럼 떨어졌다. 그 얼굴은 노기로 가득 차 있었다.

방금 전까지 실컷 웃던 염화살마는 웃음기를 지우고 눈앞에 나타난 도사 무리를 노려봤다.

"언제나 본 교 앞에는 네놈들이 막는구나. 곤륜파!"

염화살마는 마음에 안 든다는 듯 목소리를 높였다.

마교가 무림에 가려면 필연적으로 청해를 지나야 했고, 그곳에는 항상 곤륜파가 굳건히 지키고 있었다.

굳이 정마대전이 아니라도 곤륜파와 마교는 셀 수 없는 세월 동안 서로를 증오하면서 싸워 왔다.

"네놈들 방해로 일을 그르친 적이 몇 번인지 아느냐? 이번에야말로 눈엣가시였던 네놈들을 태워 죽이고, 겸사겸사 혈근경도 손에 넣도록 하겠다!"

"그런 일은 결코 없을 것이다!"

전쟁에서 정보란 건 상당히 중요한데, 이는 그 정보 하나로 승세가 좌지우지되기 때문이었다.

산화일장은 특히나 그 정보에 신경을 많이 썼다.

전쟁이 시작된 이후로 실황으로 보고를 받았고, 그중에는 상명진인과 염화살마에 대해서도 있었다.

"으하하!"

주목을 받아도 웃음을 참을 수가 없었다.

산화일장에게 최대의 적은 상명진인과 염화살마였다. 한데 그 최대의 적수들이 공멸하려 한다. 이제 더 이상 장해가 될 것은 없었다.

"혈근경은 이제 이 산화일장의 것이다!"

처음부터 고원을 주시하고 있었지만, 혈근경을 탈취하여 도주한 자는 한 명도 없었다.

정상을 향해서 올라가는 무사들은 수두룩했는데, 어째 내려오는 자는 없다.

저 위에서 벌어지는 쟁탈전이 얼마나 치열한지 간접적으로나마 느낄 수 있었다.

산화일장도 위를 향해서 몸을 날렸다. 앞을 가로막는 자가 있으면 패도적인 장법으로 전부 쳐 죽였다.

"꺼져라!"

"으악!"

당연한 이야기지만 혼자서 오른 건 아니었다.

아무리 산화일장이 천하백대고수라 할지라도, 백 명이 붙는다면 답이 없다. 곁에 호위도 있었다.

산화일장은 전속 전진한 끝에 고원의 정상에 드디어 도착할 수 있었다.

"목숨이 아깝다면 혈근경을 넘기는 것이 신상에 좋을 것이다!"

상황이 유리하게 돌아가고 있지만, 그래도 여유를 부릴 수는 없다. 얼른 혈근경만 취하고 돌아가려 했다.

"산화일장!"

천하백대고수의 등장에 싸움이 소강상태에 들어섰다. 정파인들의 얼굴은 딱딱하게 굳었고, 그에 반면 사파인들은 반색하거나 아쉬워하는 모습도 보였다.

산화일장은 아쉬워하는 사파인들을 보면서 어리석다는 듯이 혀를 찼다.

"쯧쯧. 네놈들같이 하수가 혈근경을 익혔다간 마성에 미쳐 결국 주화입마를 피하지 못할 것이다. 쓸데없는 욕심 부릴 생각하지 말고 날 돕기나 해!"

"알겠습니다!"

사도천 무리가 별말 하지 않고 욕심을 버렸다.

산화일장이 등장한 순간 상황은 이미 종결됐다. 혈근경을 손에 넣고 도망쳐도 금세 따라잡힐 게 뻔했다.

"산화일장! 무인으로서 마공을 봉인하지 않고 사사로운 이익에 이용하려 하다니! 부끄럽지도 않느냐!"

무림맹 측에서 청년이 한 걸음 나서서 외쳤다.

산화일장의 고개가 돌아갔다.

"애송이. 넌 누구냐?"

"소태산, 고찬정이다!"

"태산파의 소문주? 잘도 여기까지 왔군."

산화일장이 심드렁한 얼굴로 피식 웃었다.

자세히 보니 고찬정 외에 다른 후기지수들도 보였고, 그들을 보호하듯 오악검파의 제자들이 보였다.

"일지검에 검화. 남궁재영은 어디 있고 웬 애송이들만 여기에 있는 게냐?"

산화일장이 누구를 찾는 듯 주변을 둘러봤다.

남궁재영은 상명진인이나 염화살마만큼은 아니지만, 그래도 충분히 경계할 수준의 적수는 된다.

괜히 혈근경에 정신이 팔려 뒤통수를 맞는 건 사양이다.

"선배님께서는 전장을 정복하고 계신다. 그분의 검에 마도와 사도의 무리가 곧 전멸할 것이니, 산화일장 네놈도 순순히 항복하는 게 좋을 것이다!"

"소, 소문주!"

고찬정이 답하자 태산파의 제자들이 기겁했다.

"허, 묻는다고 전장 상황을 곧이곧대로 답해?"

산화일장이 그걸 보고 좋아하면서도 어이없어했다.

"정파의 후기지수 놈들은 머릿속이 텅 비었다는 말이 있는데, 그 말이 정말이구나. 네가 말한 게 얼마나 생각 없고 어리석은 대답인지 알고는 있느냐?"

"흥! 선배님께서 오시지 않는다 할지라도, 사파의 우두머리 따위 결국 우리의 적수가 되지 못한다. 항복을 제안한 건 최소한의 자비를 보여 준 것뿐이지."

"그렇다! 내 일지검에 과연 몇 수 버틸 수 있을까?"

곽채도 앞으로 나서면서 자신만만하게 소리쳤다.

다만 그 주변의 정파인들은 불안한 표정을 지었다. 숭산파의 제자들 또한 '저질렀다!' 라는 얼굴이었다.

산화일장은 그 건방진 태도에 화가 난다기보다는 어이없어했다.

"내 살다 살다 너희처럼 오만방자하고 우둔한 놈들은 처음이구나. 그래도 이걸로 함정이 없다는 건 알았다. 그 건방진 혀를 더 이상 놀릴 수 없도록 단숨에 끝내 주마."

第三章
서문세가(西門世家)

　남궁재영은 검성에게 가르침을 받았던 만큼, 천하백대고수는 아니나 그에 견줄 정도로의 고강한 무공을 지녔다. 그무위는 남궁세가에서도 손에 꼽힐 정도였다.

　"남궁세가의 힘을 보여 줘라!"

　남궁재영이 외침과 동시에 앞을 막아선 무인을 베었다. 가슴부터 골반까지 깊게 베이며 핏물이 터졌다.

　와아아아!

　남궁재영이 앞을 이끌자 남궁세가의 사기는 떨어질 일이없었다. 누구도 두려움을 보이지 않았다.

　그와 반대로 남궁재영과 마주한 무인들은 상태가 영 좋

지 못했고, 대부분 공포에 짓눌려 목숨을 잃었다.

남궁세가는 질풍처럼 날쌔게 움직여 불이 번지듯이 맹렬한 공세를 퍼부었다. 원래라면 이 상승세를 타고 적들을 무찔러 고원에 도착해야만 했으나, 도중에 문제가 생겼다.

"남궁패검(南宮霸劍)! 여전하구나!"

"누구냐!"

남궁재영이 발걸음을 멈췄다. 물으면서도 방금 전 목소리가 누구인지 알 것 같았다.

"그새 안 봤다고 내 목소리를 잊어먹었나?"

"서문이진(西門珥瑨)!"

남궁재영이 눈살을 찌푸렸다.

"뇌승도(雷承刀)!"

후방에 있던 초련이 곧장 별호를 불렀다.

"뇌승도? 그 서문세가?"

주서천도 알아들었다.

절강(浙江)의 서문세가. 사도칠문의 명가로 도법이 빠르고 패도적인 것으로 유명하다.

그중 서문이진은 남궁재영과 같이 천하백대고수와 엇비슷한 무공을 지닌 초절정의 고수였다.

"아!"

주서천이 자기도 모르게 탄성을 내질렀다. 잊고 있었던

기억이 방금 전에 떠올랐다.

'남궁재영과 서문이진!'

남궁세가는 안휘에 있고, 서문세가는 절강에 있다.

둘 다 거리가 엎어지면 코 닿을 거리라 할 정도로 가까워서 그런지 예로부터 만날 일이 많았다.

다만 정사의 명가였던 탓에 동료가 아닌 적으로서, 대부분은 말싸움을 하거나 병기를 부딪쳤다.

두 사람 역시 마찬가지였고, 후기지수였던 시절에 특히 충돌이 잦아 악연으로 이어져 있었다.

'결국은 정사대전에서 겨루다가 공멸하지만.'

남궁재영과 서문이진이 역사에 길이 남을 사람이었다면 모를까, 정사대전에서 주야장천 싸우다가 이슬이 되는 것뿐이니 자세히 기억할 리 없었다.

그래도 남궁재영이 검성의 아들이고 현 가주의 동생인지라 기억에 조금이라도 남아 있었다.

"왜 여기에 서문세가가?"

"참전한다는 소식은 듣지 못했는데……."

남궁세가의 무사들이 수군거렸다.

앙숙인 만큼 항상 의식하고 있고, 어디에 참전한다 하면 그걸 모를 리 없었다.

칠대 세력 중 사도천 측 인원 목록에서 서문세가는 존재하지 않았다.

"사파가 그걸 얌전히 따른다는 것 자체가 이상하지 않나. 어디 보자…… 대충 봐도 백은 되려나?"

주서천이 어깨를 으쓱였다.

정파도 칠검전쟁 규칙을 완전히 따르지는 않았다.

사파도 마찬가지다. 아니, 사파는 더 나아가 백 명 정도 되는 인원을 비밀로 하고 잠입시켰다.

"이 비겁한 놈들!"

"그러고도 무인이라 할 수 있느냐!"

"약속을 지키지 않다니!"

남궁세가의 무사들이 씩씩거리면서 화를 냈다.

"더러운 서문세가 놈들!"

온갖 비난이 쏟아졌으나 서문세가는 꿈쩍도 하지 않았다. 반대로 콧방귀를 끼면서 그들을 비웃었다.

"누가 정파 아니랄까 봐 정말이지 꽉 막혔구나."

"네놈들은 전쟁에서도 그렇게 하나하나 따져 가면서 싸울 생각이냐?"

"하긴, 바닥을 구르는 걸 죽기보다 싫어하는 놈들!"

'그건 그래.'

주서천도 서문세가의 비난에 수긍했다.

평화가 지속되었던 현 정파 무림은 목숨보다 자존심을

더 중요시 여겼다. 자신 역시 한때 그랬다.

그러나 수많은 전란을 겪고, 어쩔 수 없는 상황에 직면하게 되면서 점점 정파의 고집을 버렸다.

물론 그 관념에도 어느 정도 선이 있어 가끔씩 막가는 사도천 정도는 아니었다.

"그나저나, 독봉도 있으니 운이 좋군."

서문이진이 당혜를 보고 기분 나쁘게 웃었다. 멀리서도 한눈에 볼 수 있는 미모라 일찍이 발견했다.

"오늘에야말로 네놈을 쳐 죽인 다음, 내 상으로 독봉을 취하겠다!"

서문이진이 몸을 날렸다. 그 뒤로 서문세가의 무사들이 뒤를 따랐다.

"아가씨를 지켜라!"

원대식이 당혜를 뒤로한 채 외쳤다.

"자비 따윈 없다!"

남궁세가와 서문세가가 충돌했다.

"흐랍!"

서문이진이 뛰어올랐다가 도를 힘껏 휘둘렀다. 서문세가의 쾌도(快刀)답게 그 속도가 범상치 않았다.

칼이 대기를 '부욱' 가르면서 남궁재영의 머리 위로 떨어진다. 남궁재영은 얼른 검을 세워 도를 막았다.

째앵!

어디 한쪽도 밀리지 않았다. 검과 도가 서로 버티면서 몸을 파르르 떨어 댔다.

파직! 파지직!

도신에서 보이지 않는 전류가 흘러, 검을 통해 이동하려 했으나 남궁재영이 내공으로 막아 냈다.

서문세가의 대표 도법, 뇌전도법(雷電刀法)이다.

"네놈을 죽이기 위해 내 칼을 갈고 닦아 뇌전도법을 대성하고 십팔승천도(十八承天刀)까지 익혔다!"

"뭘 익혔건 간에, 서문세가의 잔재주 따위는 남궁세가의 검에는 안 될 것이다!"

남궁재영이 도를 쳐 내면서 낮게 으르렁거렸다.

"길고 짧은 건 대 봐야 아는 법이지!"

서문이진이 도를 재빠르게 여러 번 휘둘렀다. 빠르기뿐만 아니라 도세 또한 강맹했다.

이에 남궁재영은 가전 무공인 창궁무애검법(蒼穹無涯劍法)으로 하나도 빠짐없이 전부 막아 냈다.

"흥!"

서문이진이 혀를 차면서 그다음 공격을 잇는다. 도를 휘두를 때마다 벽력 소리가 들렸다.

초절정의 고수들답게 공방을 교환하는 것이 보통이 아니

었다. 눈 깜짝할 사이에 오십 초를 교환했다.

'괜히 창궁무애검법이 아니로군!'

상천십좌인 검성의 검법이다. 결코 수준 낮을 리 없었다.. 무엇보다 남궁패검의 실력 자체도 뛰어났다.

괜히 적수로서 칼을 닦았던 게 아니다. 속으로 혀를 내두르면서 지금 싸움에 집중했다.

한편, 남궁재영도 속으로 놀라고 있었다.

'이놈, 정말로 수련을 허투루 한 게 아니었구나.'

일격 하나하나에 강맹한 힘이 들어가 있다. 받아칠 때마다 팔 근육이 찌르르 울렸다.

'큰일이다.'

아마도 동수. 결과를 예측할 수가 없다.

정말로 큰 문제는 여기에서 이러고 있을 시간이 없다는 것이었다.

'이대로 있다간 산화일장이 혈근경을 차지할 것이다.'

상명진인이 염화살마를 맡겠다고 떠났다. 사도천의 대표를 상대할 수 있는 건 정파에서 자신뿐이다.

일단 후기지수들을 위로 보내긴 했으나, 그들이 산화일장을 이길 가능성은 적었다.

'어떻게 해야 하지?'

서문이진으로 향한 신경을 조금 떼어 내서 주변을 둘러

봤다. 무사들이 서로 격렬하게 다투고 있었다.

확인해 보니 혈근경이 위치한 곳을 향한 길을 뚫기는 어려워 보였다. 다들 기세가 엇비슷했다.

설사 이 싸움에서 승리한다 할지라도 시간이 너무 걸린다. 그 시간이라면 산화일장이 혈근경을 차지하고 도망치기까지 충분했다.

"날 앞에 두고 딴 곳을 봐도 괜찮겠나!"

서문이진의 도가 하단에서부터 파고든다. 뒤로 급히 물러났으나 허벅지를 베고 지나갔다.

'큭!'

불행 중 다행으로 상처는 옅었다. 싸우는 데 무리가 없을 정도. 혈선(血線)이 그어진 것으로 끝났다.

남궁재영은 복잡한 심경을 어찌할 줄 모르고, 다시 정신을 서문이진에게로 집중했다.

'이렇게 된 거 무슨 일이 있더라도 상황을 빠르게 정리한⋯⋯.'

펑!

파바밧!

생각을 잇기 전, 무언가 소리가 덮친다.

뇌전도법의 천둥소리도 아니고, 익숙해져 더 이상 들리지 않는 사람들의 비명 소리도 아니었다.

수십여 마리의 새들이 동시에 날갯짓하는 소리가 나면서 서문이진 어깨 너머로 화살 비가 쏟아졌다.

푸부북!

"아악!"

"끄아아악!"

창궁을 까맣게 물들인 건 백여 발이 넘는 화살 비!

남궁재영은 촘촘한 거리를 유지한 채 폭포처럼 쏟아진 화살 비를 두 눈으로 똑똑히 확인했다.

전장은 언제나 예측 불허라 하지만, 방금 전 벌어진 일은 상상조차 할 수 없는 일이었다.

"이게 대체 뭘……."

남궁재영과 서문이진의 시선은 약속이라도 한 듯 화살이 날아온 방향으로 향했다.

"뭐긴 뭐야! 다발화전(多發火箭)이지!"

화살에 화약을 넣은 통을 묶고 불을 붙일 경우, 그 열의 힘으로 목표물까지 날리는 걸 화전이라 한다.

그리고 이 다발화전은 다발이라는 이름에 맞게, 불을 붙이면 단숨에 여러 발을 발사할 수 있었다.

속이 빈 육각형 상자를 만든 다음, 기존의 화전을 담을 수 있는 관을 설치. 그리고 화문(火門)까지 도화선을 넣어 불을 붙이면 단숨에 쏠 수 있었다.

사거리는 약 일 리에서 이 리 정도 되며, 그물처럼 촘촘히 배치된 화살을 넓은 범위로 공격이 가능했다.

"기관의 천재, 제갈승계의 특제요!"

초련이 신난 목소리로 외쳤다. 그 뒤로는 금의검문 무사들이 옆구리에 다발화전 통을 끼고 있었다.

"그건 또 뭐야?"

주서천이 초련에게 물었다.

"그 도련님이 사용할 때 꼭 외치라 했소."

초련이 어깨를 으쓱이면서 답했다.

"뭐, 틀린 말은 아니지."

제갈승계는 기관으로 인정받으려는 욕심이 상당하다. 어차피 틀린 말도 아니니 뭐라 할 생각은 없었다.

'정말로 엄청난 천재다.'

다발화전은 전생에서도 없었던 무기다.

그도 그럴 것이, 전생의 만각이천은 원래 온갖 푸대접을 받아 기관을 만들 지원금도 받지 못했다.

삼안신투의 비고가 등장하면서 기관의 중요성이 뒤늦게 알려져 지원이 들어왔지만, 그것에도 제한이 있었다.

제갈세가에서는 암기 등을 치욕적으로 여겨 무기를 금했고, 오직 기관 및 함정의 해제에만 집중시켰다.

사천당가의 독문 무기로 알려진 죽통노가 그 증거였다.

"승계에게 돈이 주어지면 이렇게 무서울 줄이야!"

화약은 값비싸다. 보통 돈이 드는 게 아니다.

관부에서 개발됐던 화전도 같은 이유로 폐기됐다.

제조비가 보통이 아닌데 활과 효과도 별반 차이가 없어서 외면됐고, 자연히 연구도 중지됐다. 그런데 제갈승계는 그 중지된 걸 살려 냈을 뿐만 아니라 개량시켰다.

제갈승계는 이의채에게 부탁해 기관이나 무기에 관련된 온갖 서적을 가져와 읽었고, 전부 습득했다.

그리고 그것을 응용해 터무니없는 걸 만들어 냈다.

"이, 이……."

서문이진의 얼굴이 벌겋게 달아올랐다. 어찌나 황당해하는지 남궁재영을 앞에 두고 말까지 더듬었다.

"이 비겁한 새끼들아!"

"나도 안다!"

주서천도 초련에게 말로 대충 들었을 때는 감이 잘 안 잡혔는데, 직접 보니 엄청나다는 걸 깨닫게 됐다.

"봉추와 금의검문?"

남궁재영이 눈살을 찌푸렸다. 얼마 전에 자신의 심기를 불편하게 한 이들을 잊을 리 없었다.

주변의 싸움까지 잠시 멈추며 금의검문을 향한 온갖 욕이 쏟아졌다. 심지어 아군까지도 경멸했다.

"자, 금의검문의 이름을 똑똑히 들어라!"

주서천이 사문이 욕먹을까 봐 금의검문을 팔았다.

"검문의 주인은 이의채다!"

부모 욕은 자식도 먹는다. 초련이 그걸 걱정하고 금의상단주의 이름을 팔았다.

"아직 둘이나 남았잖아!"

서문세가 무사들이 사색이 되었다. 그들 눈에 비춰진 것은 금의검문의 무사들 중 네 명이었다.

두 명씩 짝지은 그들은 상자를 개봉해 다발화전을 보였다. 한 번에 무려 백 발까지 쏠 수 있다.

"가자!"

주서천이 외치면서 앞으로 달린다. 그가 비키면서 뒤에 있던 다발화전의 화문이 보였다.

퍼엉!

시원스러울 정도로의 폭음이 터지면서 백 발의 화살이 창궁을 까맣게 물들었다.

"이런 젠⋯⋯."

파바바밧!

"끄아악!"

"아악!"

"아아아악!"

무림인들에게 화살은 그리 큰 위협이 되지 않지만, 처음 겪는 화망(火網)에는 약한 모습을 보였다.

무엇보다 그들은 방금 전까지 전력을 다해 싸운 탓에 내공과 체력을 크게 소비한 상태였다.

그렇다 보니 평소보다 버티지 못했고, 목숨을 잃지는 않았지만 대부분이 중상을 입었다.

"사천당가!"

주서천이 서문세가의 무사를 베면서 외친다.

"호위!"

일언반구(一言半句)에 사천당가가 당혹스러워했다. 죄다 뭔 말인지 이해 못 하는 표정이었다.

"따라가!"

당혜가 주변 호위를 뚫고 몸을 날렸다.

"아가씨!"

그제야 사천당가의 무사들이 움직였다. 그들에게 당혜는 어떠한 상황에도 우선시된다.

그녀를 놓친 남궁세가의 무사들과 달리, 사천당가의 십여 명은 발에 불붙은 듯 달려가 따라잡았다.

주서천이 앞장섰고, 그 뒤로 금의검문이 따라붙는다. 그리고 사천당가가 그들을 둘러 호위했다.

"막아라!"

서문이진이 급히 외쳤다.

"어딜!"

남궁재영은 그가 명령하지 못하도록 덤벼들었다.

"저걸 부숴!"

서문세가뿐만 아니라 주변의 사도천 소속 사파인들도 다 발화전의 위험성을 느끼고 덤벼들었다.

주서천은 최대한 정신을 집중했다. 사방에서 몰려드는 인기척을 거의 전부 감지할 수 있었다.

팟!

좌측에서 사파인이 창을 앞으로 쭉 뻗어 온다. 주서천은 상체를 앞으로 숙인 뒤 몸을 가볍게 회전했다.

검 역시 몸을 따라 원을 그렸고, 다가오던 사파인이 쏟아지는 내장을 붙잡으면서 쓰러졌다.

"네 이놈!"

쉴 틈도 없이 공격이 들어온다. 세 방향에서 번쩍하고 빛줄기를 뿜어내는 도를 볼 수 있었다.

재빠르고 패도적인 걸 보니 서문세가의 무인이다.

"섬전삼도(閃電三刀)인가."

삼초식밖에 없지만, 간단한 만큼 힘을 쏟아 내면 대단한 위력을 낸다. 서문세가의 기초 도법이었다.

쫘악.

검을 쥐자 상완근이 미세하게나마 부풀어 오른다. 완력과 내공이 힘을 주고, 속도도 알맞게 따른다.

파바밧!

일부러 수준을 낮춰서 십사수매화검법을 펼친다. 일초식에서부터 사초식까지 보여 줬다.

매화노방, 매화접무, 매화토염, 매개이도!

길가에 있던 나비가 춤추다 염기를 뱉어 내고, 꽃처럼 피어났다가 날카롭게 이끌었다.

섬전삼도로 위력을 최대한 이끌었다고 한들, 화경의 고수에게 상대가 되지는 않는다.

검이 지나가고 잔상이 남자 서문세가의 무인들이 피를 흩뿌리면서 쓰러졌다.

한순간에 셋이 목숨을 잃었다. 뒤에서 따라오거나 근처에 있던 사파인들이 공격하려다 움찔 떨었다.

"오랜만에 보는군."

동경을 보지 않았지만, 아마 그리운 표정을 짓고 있지 않을까.

회귀 전, 정사대전 때 서문세가와 싸워 본 적 있었다. 섬전삼도와 뇌전도법 모두 경험해 봤다.

"십사수매화검법!"

"소매의 안쪽을 봐라!"

"매화! 화산파인가!"

여기저기서 자신의 검법을 알아봤다. 이래서 일부러 이십사수매화검법을 펼치지 않았다.

오늘 일이 알려지기라도 한다면 사문의 추궁을 피할 수 없다. 귀찮음을 방지하기 위해 수준을 낮췄다.

"자, 와라!"

하나밖에 남지 않은 다발화전을 가진 두 명을 빼곤, 여덟 명도 검을 들고 전투에 나섰다.

금의검문에서도 일군. 정예에 속하는 무사들이다. 자기 목숨 지킬 만큼은 충분히 된다.

특히 초련의 활약이 대단했다. 질풍보로 이리저리 움직이면서 공격을 회피하고, 단쾌검법으로 상대했다.

질풍십객이란 별호는 엿 바꿔서 얻은 게 아니다.

'음! 좋아!'

주서천이 금의검문의 힘을 보고 만족했다. 그들이 이렇게 싸우는 걸 보는 건 처음이었다. 조금 걱정했었는데 괜한 걱정이었다. 굳이 신경 쓰지 않아도 될 정도로 잘 싸웠다.

상왕의 사람 고르는 솜씨는 정말 기가 막힐 정도로 좋다.

"커헉!"

사천당가도 잘 싸우는 것으로는 지지 않는다.

괜히 오대세가가 아닌 데다가, 당혜처럼 적통의 호위들

은 특히나 수준 높은 무공을 지녔다.

소맷자락이 부풀어 오르면서 암기가 쏟아질 때마다 여기저기서 비명이 터져 나왔다.

"으아아악!"

그중에서도 단연 돋보이는 건 당혜였다.

"아가씨, 여긴 저에게……."

"비켜."

당혜가 원대식을 치우곤 손바닥을 쭉 뻗었다. 경쾌하다 할 정도로의 일장(一掌)이 적의 흉부에 맞았다.

"컥!"

손바닥에 맞고 날아가거나 하지는 않았지만, 다들 맞자마자 마비라도 된 듯 움직일 수 없었다.

이에 누군가가 어찌어찌 힘을 내서 상의를 벗고 맞은 자국을 확인하자, 손바닥 대신 연꽃이 남아 있었다.

"적련독장(赤蓮毒掌)!"

사천당가에 얼마 없는 장법이자 절기로 유명했다.

"커흐흑! 독봉의 무공이 보통이 아니라고는 들었지만, 설마하니 이 정도일 줄이야……."

당혜의 손에는 자비가 없었다.

꽃이라고 생각해서 몰려들었는데 알고 보니 독이었다. 그것도 보통 독이 아니라 극독. 그 독에 목숨을 잃었다.

당혜는 적련독장으로 적들을 쓰러뜨리면서도 다발화전을 가끔씩 힐끔거렸다.

'제갈승계라고?'

당혜는 정보에 대해서도 훤하다. 주요 인사는 물론이고 웬만한 인재들에 대한 것도 잘 알고 있었다.

그러나 다발화전을 제작했다는 제갈승계에 대해서는 자세히 들어 본 적이 없었다.

'도대체 누구기에 만들 수 있었던 거지?'

당혜는 의문을 속으로 삼키며 전장에 집중했다.

"독봉 곁의 화산파!"

"봉추다! 봉추가 틀림없다!"

"뭐? 똘추?"

주서천이 잘못 듣고 난동을 부렸다. 검을 휘두를 때마다 두세 명이 피를 흩뿌리며 쓰러졌다.

파바바밧!

검신에 반사된 빛이 번쩍인다. 검 줄기가 뿜어져 나올 때마다 여기저기서 비명이 터졌다.

수를 셀 수 없을 정도로 적들을 상대했지만, 지칠 생각은 커녕 그 기세가 격해졌다.

"커, 커허억!"

"도대체 내공이 얼마나 되는 거냐!"

"제발 좀 쓰러져라! 이 괴물!"

일행들은 점점 지쳐서 이동이 조금씩 느려졌으나, 주서천은 그 반대로 폭풍처럼 몰아치면서 쾌속으로 질주했다.

그냥 달리는 것이라면 또 모를까, 사방팔방으로 움직이면서 적들을 유린했다.

"쏴라!"

주서천이 후방의 일행을 향해 명령을 내렸다.

이에 초련이 주춤거렸다가 물었다.

"주 대장! 제정신이오?"

일행 앞에는 사도천의 무사들이 즐비했다. 문제는 그 한 가운데 주서천이 떡하니 있다는 점이었다.

"빨리!"

"끙, 죽어도 원망하지 마시오!"

초련이 손을 들어 주먹을 꽉 쥐었다.

"긴급으로!"

한 명이 다발화전을 들고, 또 다른 한 명은 길게 늘어진 심지를 자르고 불을 붙였다.

앞서 있던 사도천의 무사들이 눈치챘지만 이미 늦었다. 심지가 워낙 짧아 한순간에 불이 붙었다.

퍼퍼펑!

백여 발의 화살이 쏘아졌다가 떨어진다. 범위 근처에 있던 무사들이 양옆으로 파도처럼 갈라졌다.

범위 중심에 있던 무사들이 뒤늦게 피하려 했지만 너무 늦었다. 머리 위로 떨어진 화살 비를 맞아야 했다.

"크아악!"

"악!"

"커헉!"

운이 나쁘면 흉부나 머리에 맞았고, 운이 좋다 할지라도 팔이나 다리 등에 맞았다.

몇몇은 무기를 휘둘러 화살을 쳐 냈으나 그 탓에 바로 옆에 있는 동료가 눈먼 화살이나 검에 당했다.

주서천은 검을 휘두르는 척했다가 몸에 반투명한 호신강기를 얇게 둘러 화살을 막아 냈다.

검풍을 쏟아 내 전부 쳐 내는 방법도 있지만, 그러면 적군들을 향한 피해가 줄어드니 고의로 하지 않았다.

"말도 안 돼!"

일행들이 입을 떡 벌리면서 대경했다. 주서천의 무위에 대해서 알고 있던 초련도 이번에는 꽤 놀란 모양이었다.

'설마 했지만 정말로 이 정도일 줄은……'

당혜는 주서천의 경지에 대해 알고 있는 유일한 사람이었으나, 이렇게 무위를 직접 보는 건 처음이었다.

다른 사람들처럼 눈을 부릅뜨고 입을 크게 벌릴 정도는

아니었지만 충분히 놀란 표정을 지었다.

"뚫렸다!"

주서천이 오라는 듯 턱으로 까딱인다.

"앞으로!"

당혜가 앞장서서 나아간다. 일행이 그 뒤를 따랐다.

그걸 본 서문이진의 얼굴이 참혹하게 일그러졌다.

아직 충분할 정도의 시간이 지나지 않았다. 산화일장이 있어도 저 인원이 올라가면 어찌 될지 모른다.

무엇보다 제대로 보지 못했으나 일기당천의 기세로 순식간에 아군을 무찌른 주서천 일행이 신경 쓰였다.

"어디를 보고 있지?"

어떻게 할지 잠시나마 고민하고 있을 때, 스산한 목소리와 더불어 남궁재영의 검이 파고들었다.

"제기랄!"

서문이진이 욕을 내뱉으면서 검을 쳐 내려 했다.

"큭!"

고수들끼리의 싸움에도 한눈을 파는 행위는 결코 용납되지 않는다.

서문이진이 도로 검을 치려고 했을 때, 그 움직임은 이미 늦었다.

무의식적으로 몸을 비틀었지만, 섬광처럼 눈부신 속도를

자랑한 찌르기가 옆구리를 스치고 지나갔다.

검신이 무려 반이나 틀어박혀 살을 뜯어 먹고 지나간다. 불에 덴 것처럼 화끈한 통증이 느껴졌다.

"남궁재영, 이 개새끼!"

서문이진이 남궁재영에게 다시 집중했다.

한편, 위에선 생각지도 못한 일이 일어나고 있었다.

"쌍!"

산화일장이 짜증 가득한 목소리를 냈다.

원래라면 지금쯤 혈근경을 들고 내려갔어야 한다.

정파의 애송이들이 문제가 아니었다. 도중에 갑작스레 끼어든 마교 탓이었다.

"정파의 애송이들이야 얼마든지 잡을 수 있지!"

"산화일장부터 죽여!"

마치 원수를 만난 것처럼 달려드는 마교도들의 공격적인 기세에 결국 그들부터 처리해야만 했다. 수하들이 대신 무림맹을 맡았다.

산화일장은 처음에 여유로웠다가 차츰차츰 시간이 지나 갈수록 마른 사막처럼 속이 바짝 타들어 갔다.

상명진인과 염화살마 중 누가 이겨 언제 올지 모른다. 또 도주할 시간도 벌어야 한다.

그래서 조금 무리하는 감이 있어도 힘을 다해 마교도와

싸웠다.

"케헥!"

"하여간 마교도 이 힘밖에 모르는 미친놈들은!"

전력을 다하자 일각 좀 덜돼서 전부 정리했다.

마교도는 밀리면 밀릴수록 이성을 버리고 본능에 의지하게 된다.

대신 그만큼 무위도 강력해졌다.

무엇보다 정말 귀찮은 건 마성이 짙어질수록 고통을 느끼지 않게 되고, 목숨 아까운 줄 모른다는 것.

끝에 가면 하나같이 동귀어진할 기세로 달려드니 보통 피곤한 게 아니었다.

"비켜라!"

산화일장이 외치자 사도천 무사들이 물러났다.

"흐, 그래도 꼴에 오악검파의 후기지수들이라고 죽지 않고 잘 살아 있구나."

무림맹이 도망치지 못하도록 수하들이 잘 막아 줬다. 피해가 극심했지만 그건 무림맹도 마찬가지였다.

그 숫자도 열댓 명밖에 남지 않았고, 대다수가 상처 입고 지친 모습이었다.

"내 원래 네놈들을 한 놈도 빠짐없이 죽이려 했지만, 특별히 자비를 베풀어 주도록 하마. 혈근경을 얌전히 내준다면 목숨만은 살려 주도록 하지."

"헛소리!"

안아연이 고민도 하지 않고 곧바로 답했다.

"거짓말을 밥 먹듯이 하는 족속들을 믿을 수 없을뿐더러, 애초에 네까짓 놈들에게 항복할 것 같으냐?"

고찬정이 안아연의 말에 덧붙였다.

"흥! 보아하니 네놈도 마교도를 상대하느라 지친 모양이지? 그 말 그대로 돌려주마!"

곽채도 눈 하나 깜짝하지 않았다.

"흐."

실소가 흘러나왔다.

"상대하는 것이 귀찮아 자비를 베풀어 주었더니, 독주를 넘어 아주 죽여 달라고 애원하는구나……."

산화일장의 눈에서 형형한 빛이 뿜어져 나왔다. 방금 전과는 비교조차 되지 않는 진득한 살기였다.

"흥! 그렇게 말하면 겁낼 줄 아느냐?"

고찬정이 코웃음 치면서 앞으로 나섰다. 뒤편에서 태산파 제자들이 기겁하며 말렸으나 전부 무시했다.

"산화일장은 지금 마교도와 싸우느라 지쳐 있다는 걸 전부 알고 있지 않은가? 분명 허장성세……."

산화일장이 몸을 날려 공간을 접었다.

"헉!"

고찬정이 놀라 검을 휘두르려다가 실패했다. 산화일장의 손이 고찬정의 목덜미를 순식간에 낚아챘다.

"커허억!"

빠져나오려고 손목을 붙잡고 바동거렸지만 꼼짝도 하지 못했다.

"그 손 놓지 못할까!"

"말하는 도중에 공격을 하다니! 부끄러운 줄 알아라!"

곽채와 안아연이 소리를 빽빽 질러 댔다.

"에잉, 쯧쯧쯧. 저놈들은 아직도 사태 파악을 하지 못한 건가. 화를 넘어 이젠 불쌍할 정도로구나. 도대체 어떻게 지금까지 살아 있…… 헛!"

쐐액!

산화일장이 숨을 들이쉬며 뒤로 물러났다. 방금 전까지 밟고 있던 지면에 검상이 길게 남았다.

"누구냐!"

산화일장이 고개를 옆으로 돌렸다.

"화산파."

그 시선 끝에는 검을 쥔 청년이 서 있었다.

"주서천."

第四章
매화정검(梅花整劍)

"켁켁!"

고찬정이 시퍼렇게 질린 얼굴로 기침을 토한다.

"주서천?"

안아연이 제일 먼저 알아봤다.

"봉추잖아?"

곽채가 의아한 눈초리로 주서천을 쳐다봤다.

"소문주!"

태산파의 제자들이 부랴부랴 달려와 고찬정을 부축했다.

"밑은 어떻게 된 거지?"

"봉추 혼자 왜 여기에 온 거야?"

"지원군은?"

무림맹 측에서 온갖 의문이 쏟아졌다. 그 얼굴에는 희망이 묻어났다가 금세 다시 절망으로 바뀌었다.

산화일장을 상대할 만한 무인이 여기에 없는 것도 문제지만, 우두머리라 하는 삼인방도 문제였다.

사태 파악이라곤 눈곱만큼도 하지 못하는 데다가, 자존심만 쓸데없이 높았다.

고찬정이 붙잡힌 걸 보고 모든 걸 내려놓고 도망칠까 고민하고 있을 때, 누군가가 그를 구해 줬다.

처음에는 드디어 남궁재영처럼 고수가 온 줄 알고 일순간 희망을 품었으나 크나큰 착각이었다.

화산파의 봉추. 독봉과의 내기에서 비겁한 수를 이용해 승리하고, 그 뒤에 숨어 있는 겁쟁이가 아닌가!

"주서천?"

산화일장이 주서천의 이름을 곱씹었다.

'과연, 봉추인가. 그러면 독봉이 어디 있지?'

봉추는 독봉을 따라다닌다. 그렇다면 주변에 독봉도 있을 터. 어쩌면 함정을 위한 미끼일지도 몰랐다.

정파는 함정은 파지 않는다고 호언장담하지만, 그건 앞에 삼인방처럼 머저리들에게나 적용되는 이야기다.

정파에게도 전략과 전술이라는 것이 있고, 최대한 이용

했다. 그렇기에 위선자라 비난받는 것이다.

"그래. 내가 화산파의 주서천이다."

주서천이 허리를 꼿꼿이 세우고 가슴을 폈다.

'흠. 저놈 외에 인기척은 느껴지지 않는군. 혼자다.'

잔뜩 올라갔던 경계를 낮췄다.

'잠깐. 그렇다면 방금 전 그 검격은 봉추가 한 건가?'

산화일장이 이해가 안 가는 듯 눈살을 찌푸렸다.

방금 전 검격은 어디에서 날아오는지도 보지 못했다. 검을 휘두르는 소리에 반사적으로 몸이 반응했다.

그 덕에 피하는 데 성공하긴 했지만, 기척 하나 느끼지 못한 게 신경 쓰였다.

'음. 확실히 내가 지치긴 지친 모양이군.'

화산의 검수라고 해도 고작 약관밖에 되지 않았고 봉추 같은 하수의 검을 느끼지 못할 리 없으니까.

"봉추야. 괜한 자세 잡지 말고 좋게 말할 때 가라. 넌 날화나게 하지 않았으니 목숨은 살려 주마."

"산화일장께서 오늘따라 자비로우시군!"

"운수 좋은 줄 알아라!"

뒤편에 서 있던 사도천 무사들이 한마디씩 했다.

"어휴! 내 그놈의 별호 빨리 바꿔야지!"

주서천이 한숨 쉬며 도망치기는커녕 걸어갔다.

"정파의 애새끼들은 자비를 베푸는데도 목숨을 버리는 게 유행이냐? 사람을 마라(魔羅)로 만드는군!"

말이 끝나기 무섭게 산화일장이 팔을 곧장 뻗었다.

그 손바닥이 흉부를 노려 온다.

휙!

주서천이 눈 하나 깜짝하지 않고 검을 휘두른다. 하단에서부터 상단으로 똑바로 수직선을 그었다.

"흡!"

산화일장이 숨을 멈추며 반사적으로 몸을 비틀었다. 곧게 뻗어 가던 손바닥도 방향을 틀었다.

'어째서?'

산화일장 스스로도 자신의 행동에 당혹스러워했다.

고수도 아니고 애송이가 휘두른 검 따위, 장풍을 쏟아 내서 튕겨 내고 장력을 내서 후려치면 그만이다.

일 초. 많아 봤자 이 초에서 삼 초로 끝날 승부다.

"호오!"

주서천이 그걸 보고 감탄사를 흘렸다.

"산화일장이 그래도 무공이 대단하다곤 하던데, 그게 헛소문은 아니었던 모양이군."

방금 전 검격의 공력에 칠 할의 내공이 주입됐다.

그대로 부딪쳤으면 손바닥이 둘로 쪼개졌을 것이다.

'뭔가 이상하다.'

산화일장이 눈을 가늘게 떴다. 그 이마에 땀방울이 송골송골 맺혔다. 팔에 닭살이 우수수 돋는다.

'놈의 경지를 가늠할 수 없다.'

자객들처럼 은신에 특화되어 있다면 또 모르겠지만, 화산파에 그런 게 있다는 건 들어 본 적 없다.

'뭐냐.'

눈과 눈을 마주한다. 강호의 어떤 기인이 눈을 보면 영혼을 엿볼 수 있다고 말했다.

'애송이가 아니다!'

눈에는 약간의 긴장도 찾아볼 수 없었다. 그렇다고 싸움에 의한 흥분이나 적의도 존재하지 않았다.

아니, 어떠한 감정을 지닌 것인지 파악할 수가 없었다. 바람 한 점 없는 날씨의 호수처럼 잔잔하기만 하다.

"봉추? 전 무림을 속이고 있었구나!"

산화일장이 주서천의 이상함을 눈치챘다.

"일 초로 거기까지 알아낸 건가?"

주서천이 정말로 놀랐다.

"좋아. 그럼 내 특별히 일 초 양보해 주마."

주서천이 선심 쓰는 듯이 말했다.

"미친놈!"

산화일장이 주서천을 보고 욕했다.

"죽으려고 환장했군!"

좌중의 반응도 비슷했다.

"확실히 네놈의 무공이 보통이 아닌 것 같으나, 잘해 봤자 오룡삼봉이다. 내가 겁먹을 줄 아느냐?"

불안감을 느꼈지만 지쳐서 그런 것이라 생각했다.

"봉추! 죽고 싶어 환장한 게 아니라면 우리 뒤에 숨어라!"

곽채가 주서천의 등을 보고 외쳤다.

산화일장과 다르게 무림맹 측은 아직 주서천의 무위가 범상치 않다는 걸 눈치채지 못했다.

여전히 그들에게 주서천은 봉추였고, 형편없는 하수에 불과했다.

"봉추, 봉추……. 똘추가 된 기분이군."

주서천이 부들부들 떨었다.

"산화일장. 내 별호를 바꾸는 데 공신이 돼 줘야겠다."

마주 본 채로 내공을 끌어 올렸다.

"간다!"

뒤에서 말리는 소리가 들렸지만 무시하고 몸을 날렸다.

"헉!"

방금 전까지 주서천을 똑바로 주시하고 있었던 산화일장

은 그가 순식간에 눈앞까지 다가오자 놀란 표정을 지었다.

"합!"

주서천이 짧은 기합을 내지르면서 십사수매화검법을 펼쳤다. 그래도 처음부터 전력을 다하지는 않았다.

육 할 정도의 공력을 쓰며 탐색전을 시작했다. 일단 산화일장의 무공부터 조사할 생각이었다.

"일 초를 양보한다더니!"

산화일장이 몸을 이리저리 움직이며 피해 냈다.

"아까 전에 잘난 듯이 걷어차더니 이제 와서?"

주서천이 어이없어했다.

"자비를 베풀었으면 괜한 자존심 따지지 말고 챙겨라!"

주서천이 일침을 가하며 섬광 같은 찌르기를 보였다. 산화일장에게 하나하나가 치명적인 일격이었다.

'무슨!'

산화일장이 찌르기를 아슬아슬하게 피해 냈다. 방금 전에 어깨를 스치고 지나가 피가 튀었다.

경지와 경지에는 차이가 존재한다.

특히나 화경은 더더욱 그렇다. 초절정과 다른 건 강기뿐만이 아니었다.

신체 능력은 물론이고 실력에도 차이가 있다.

설사 초절정 고수 중에서 최상승에 속한다고 한들, 화경이 적이라면 혼자서 이기는 건 불가능에 가깝다.

"화산의 검은 천하무적이다!"

주서천이 남들에게 들으라는 듯이 사문 자랑을 했다. 자랑하면서도 검초는 쉬지 않았다.

십사수매화검법의 검초가 물 흐르듯이 이어졌다. 변검답게 머리가 아플 정도로 다채로웠다.

"내 사부님은 소유검 유정목이시다!"

주서천이 스승 자랑도 했다.

'산화일장은 천하백대고수. 분명 싸우고 난 다음에는 화제가 될 수밖에 없지. 그러면 최대한 명성을 올려야겠지? 사문과 사부님의 이름부터 높이자!'

봉추라는 별호를 떨어뜨리는 것도 중요하나, 영순위로 해야 할 건 사부님의 명예였다.

"감히 날 능멸하다니!"

산화일장의 얼굴이 벌겋게 달아올랐다.

주서천은 나름 진지했으나, 남이 보기에는 장난을 치는 것 같이 보였다.

산화일장이 결국 도주할 여분의 내공까지 끌어 쓰기로 했다.

사파인은 정파인보다 자존심을 중요하게 여기지는 않는다. 하지만 아예 없는 건 아니었다.

특히나 하수도 아니고 천하백대고수이지 않은가?

"산화장법(散花掌法)의 무서움을 똑똑히 알려 주마!"

천하백대고수가 드디어 반격에 나선다. 주서천도 이번에는 공세에서 수비세로 바꿔 준비했다.

"흐압!"

손바닥에 힘을 집중해 쳐 내는 걸 장법이라 하는데, 산화일장은 이 기존 원리와 조금 달랐다.

기존의 장법이 손바닥 전체나 중앙에 공력을 집중한다면, 산화장법은 손바닥에서부터 바깥으로 방출하면서 공격하는 원리로 되어 있었다.

산화장법에 맞으면 손바닥뿐만 아니라 그 주변으로도 타격을 입는데, 그것이 마치 꽃이 흩어지는 모양새를 닮아 산화장법이라 불리는 것이다.

'오!'

과연 천하백대고수는 다르다. 전력을 다한 손바닥에는 제법 묵직하게 느껴지는 공력이 담겨 있었다.

전생의 자신, 그것도 화경에 오르지 않았던 때라면 꼼작도 하지 못하고 당했을 것이다.

그것도 중년이나 노년 때에 해당되는 사항이지, 지금과 같은 나이 때면 기세만으로도 정신을 잃었다.

"하압!"

방금 전까지의 생각은 찰나에 불과했다. 산화일장이 전력을 다했을 때 몸이 곧장 반응했다.

명검, 태아가 대기를 매끄럽게 타면서 곡선을 보였다. 동시에 흘러나온 바람이 공기층을 찢어발겼다.

사방팔방으로 정신없이 쏟아지는 검풍은 산화일장의 손바닥과 부딪쳤다.

"컥!"

산화장법 특성상, 손바닥만 막는 건 소용없다. 주변으로 방출된 공력에 의해 피해를 입는다.

그런데 주서천이 그 특성을 완벽하게 막아 냈다. 검풍을 사방팔방으로 방출해 완벽히 막아 냈다.

"이게 대체 무…… 쿨럭!"

산화일장이 내상을 입은 듯 피를 울컥 토해 냈다.

그 눈은 믿기지 않는 듯 부릅떠졌다.

공격과 공격이 부딪쳤다. 빈틈없이 서로 부딪쳤으니 그다음은 내공의 대결로 이어진다.

그런데 그 내공의 대결이 어이없을 정도로 허무하게 끝났다.

초절정의 고수인 데다가 이제 곧 노년을 바라보는 나이인 산화일장이다. 그런데 내공 대결에서 패배했다.

아무리 정파의 내공이 정순하다 할지라도, 자신이 지는

건 말이 되지 않는다.

"조기에 영약을 복용하는 건 역시 중요해!"

주서천이 활짝 웃었다.

"설사…… 영약을 처먹었어도…… 이럴 리가……."

산화일장이 끓는 목소리로 중얼거렸다. 여전히 믿기지 않다는 표정. 동공이 심하게 흔들렸다.

"영약이라는 건 밥 먹듯이 먹어야 하는 법이지!"

"이 개……."

"아직도 안 죽었나?"

푸욱!

"크아악!"

산화일장의 가슴에 검을 꽂아서 비틀었다. 극심한 내상을 입은 상태라 제대로 피하지도 못했다.

주서천이 검을 뽑아내자, 산화일장이 재차 피를 몇 번 토하곤 옆으로 힘없이 쓰러졌다.

푹. 푸욱.

혹시 몰라서 확인 사살까지 했다.

과거, 괜히 시체에 대한 모욕이라면서 지나치려다 벌떡 일어난 사파인에게 죽을 뻔한 경험이 있었다.

산화일장은 돌에 맞은 개구리처럼 뒤집은 채로 경련하더니 이내 숨이 끊어졌다.

"……."

그 광경을 본 그 누구도 말을 잇지 못했다.

잔악무도한 행위 탓이 아니었다. 그 누구도 그걸 신경 쓰지 않았다.

"산화일장이……."

"……당했다."

먼저 침묵을 깨뜨린 건 사도천이었다. 목소리는 떨려 오고 얼굴은 새하얗게 질렸다.

방금 전까지만 해도 다 이긴 싸움이라면서 여유까지 부리던 사도천. 그러나 상황이 역전됐다.

*   *   *

"커허억!"

염화살마의 입에서 비명이 흘러나왔다. 검 끝이 파고든 목에선 피가 꿀렁꿀렁하고 넘쳤다.

"캬하으흐악……!"

죽기 직전 상명진인에게 저주를 퍼부었으나 목이 찔려 말이 제대로 나오지 않았다.

천하백대고수이자 마교의 소살대주인 염화살마는 입만 뻐끔거리다가 절명했다.

"후우!"

상명진인이 눈썹에 묻은 피를 소매로 닦아 냈다. 반 시진 넘게 이어진 격렬한 싸움이 방금 끝났다.

"장문인! 다치신 데는 없으십니까?"

"나는 괜찮으니 걱정 말거라. 그보다 소살대의 잔당을 부탁하마."

승부에서는 이겼지만 전쟁은 아직 끝나지 않았다. 중요한 건 혈근경이지 염화살마가 아니었다.

지금 이 순간에도 남궁재영이 고생하면서 산화일장을 막고 있을지 모르니 한시라도 빨리 정상으로 가야만 했다.

"진인!"

이제 막 떠나려고 했을 때, 위쪽에서 전령이 날아오듯이 달려왔다.

"무슨 일인가!"

상명진인이 전령의 얼굴을 보고 불안해했다.

희소식이었다면 전령의 얼굴이 밝아야 한다. 그렇다고 어둡지도 않았지만, 미묘한 표정을 짓고 있었다.

"그게……."

"얼른 말해 보게!"

상명진인이 애가 타는 듯 전령을 부추겼다.

"주, 주서천이 산화일장을 죽였습니다!"

"뭐라고?"

상명진인이 눈을 휘둥그레 떴다.

주서천은 등을 돌렸다. 사도천의 잔당이 아직 남아 있으
나 어차피 위험도 되지 않는다.

'산화일장은 역사대로 죽는구나.'

상명진인, 염화살마, 산화일장.

칠검전쟁의 주역들이니 모를 리 없었다.

산화일장은 흉마의 무덤 조사 도중 욕심에 눈이 먼 수하
에게 배신을 당해 목숨을 잃는다. 염화살마는 상명진인과
의 혈투 끝에 죽었던 게 기억이 났다.

"아차. 회상에 젖어 있을 때가 아니지."

주서천은 스스로를 욕하면서 등을 돌렸다. 아직도 어안
이 벙벙한 채 서 있는 오악검파가 보였다.

"검화. 혈근경을 태워 없애라."

"……네?"

안아연이 멍해 있다가 되물었다.

"얼른."

혈근경으로 일어났던 전쟁이다. 그 계기가 없어진다면
전쟁 역시 멈출 수 있다.

"무슨 소리!"

곽채가 가까스로 정신을 차리면서 반발했다.

"혈근경은 소림사에서 회수하기로 한 것을 잊었느냐, 봉추!"

"네가 무슨 말을 하는지는 알겠는데, 그랬다간 큰일 나. 소림사로 운송 중에 탈취당할걸?"

암천회의 간자, 천권의 끄나풀은 한둘이 아니다. 또한 그들은 신뢰할 만한 사람들로 구성되어 있었다.

혈근경의 운송을 맡겼다간 구 할 이상은 빼돌릴 것이 뻔했다. 그러면 또 다른 칠검전쟁이 일어난다.

소림사의 나한들을 무시하는 건 아니지만, 암천회는 그 이상이었다.

"네 이놈! 설마하니 마공을 탐내는 것이냐?"

"터무니없는 소리 좀 하지 마라. 내가 태우라 했지 그걸 넘기라고 했냐? 평화를 위해서라도 없애자."

주서천이 한숨을 푹푹 내쉬었다.

"헛소리!"

이번에는 곽채가 아니었다. 고찬정이었다.

목 부분에 손자국이 아직 벌겋게 남아 있다.

고찬정은 눈을 부릅뜨면서 목소리를 높였다.

"봉추! 우리가 공을 세우는 것을 질투하는 것이로구나!"

"이건 또 신선한 개소리군!"

주서천이 감탄했다.

"흥! 잠시 방심하여 공격을 허용했을 뿐, 네가 방해만 하지 않았다면 진작 내가 처리했을 것이다!"

고찬정이 주서천보다 뻔뻔하게 나왔다.

"허어……."

주서천이 할 말을 잃었다. 인면수심이 따로 있지, 설마하니 이 정도일 줄은 상상도 하지 못했다.

전생에서도 이렇게까지 안하무인인 자는 본 적 없었다.

'하기야, 그런 놈들은 전쟁에서 죄다 죽었었지?'

고찬정, 곽채, 안아연!

삼인방의 이름 전부 전생에서 듣지 못했다.

"다른 사람은 몰라도 설마 네가 이럴 줄이야!"

순수한 놀라움에서 흘러나온 감탄사였다.

그래도 목숨을 구해 주지 않았는가. 동조는 그렇다 쳐도 가만히 있지는 못할망정 앞서서 욕하고 있었다.

"도와 달라는 말도 없었는데 멋대로 개입한 거 말이냐? 도움 따위 없어도 알아서 빠져나올 수 있었다!"

"와……."

"공을 빼앗으려는 속셈인 걸 내가 모를 줄 알고!"

"캬!"

감탄사가 끊이지 않는 개념 찬 말!

주변의 반응도 비슷했다. 심지어 같은 태산파의 제자들도 소문주가 부끄러운지 얼굴을 붉혔다.

"시간 없으니까 그만하자!"

어이가 없어 화도 나지 않았다. 삿대질까지 하면서 소리를 꽥꽥 지르는 고찬정을 무시해 지나쳤다.

"거기 서라!"

스르릉!

고찬정이 검을 뽑고 성큼성큼 걸어 나오자, 뒤편에 서 있던 태산파 제자들이 몸을 던져 막았다.

"지금 뭐하는 짓이냐! 이거 놔라!"

"소문주, 이러다가 진짜 사달 납니다!"

"무슨 말씀하시는지 알겠는데, 목숨을 구해 준 주 대협에게 그러시면 어떤 소문이 나겠소!"

주서천이 태산파 제자들을 연민의 눈초리로 쳐다봤다. 저런 소문주를 데리고 있으니 얼마나 고생할까.

속으로 그들에게 무운을 빌어 준 뒤, 발걸음을 앞으로 향하려 하자 기다렸다는 듯이 곽채가 튀어나왔다.

"어딜 가느냐, 이 화산파의 나부랭이……."

짜악!

"켁!"

곽채의 머리가 꺾이듯이 홱 돌아갔다. 그동안 쌓였던 화가 조금은 가라앉는 듯했다.

이제는 안아연만 남았다. 그러나 전처럼 강수를 쓸 필요는 없었다.

"이 치욕…… 잊지 않을 것이다……!"

안아연이 비구니답지 않은 표정을 짓는다. 눈매만 보면 마인을 연상시킬 정도로 살의 넘친다.

'왠지 나쁜 짓을 저지르는 느낌이야.'

잘잘못을 따지면 분명 삼인방에게 잘못이 있는데, 한 말만 들어 보면 꼭 자신이 악당이라도 된 것 같았다.

바닥에 떨어진 혈근경을 주운 다음 곧장 불을 붙였다.

"주 대장!"

마침 일행이 도착했다. 격렬한 혈투를 했다는 듯, 금의검문 무사들은 피투성이였다.

당혜나 사천당가 무인들의 꼴도 말이 아니었다. 흙투성이와 토혈 등이 덕지덕지 묻어 있었다.

"대체 어떻게 된 거요?"

주서천이 옅게 웃었다.

*   *   *

"화산파의 주서천이 산화일장을 죽였다!"

"혈근경이 불탔습니다!"

제일 먼저 들린 소식은 이 두 가지였다.

"뭐?"

남궁재영과 서문이진이 싸우다 말고 당황했다.

"지, 진짜요!"

사도천 무리가 도망치듯 내려오면서 외쳤다.

이제 총지휘권은 자연스레 서문이진에게로 향했다.

서문이진은 여기저기서 들려오는 목격담에 당황했다가, 이내 어쩔 수 없다는 듯 퇴각 명령을 내렸다.

"후퇴하라!"

사도천의 무사들이 속으로 환호했다. 패전 소식에 대놓고 기뻐할 수는 없지만 목숨은 건질 수 있었다.

"서문이진!"

"남궁재영. 넉살 좋게 날 따라올 수 없다는 것 잘 안다. 아쉽지만 우리의 대결은 미뤄야겠군."

서문이진도 아쉬워하면서 나중을 기약했다.

"잘 있어라!"

사파인들이 전부 서문이진을 뒤따랐다.

사도천이 대거 후퇴하자, 소식을 들은 마교도도 별수 없다는 듯 혀를 차면서 빠지기 시작했다.

다만 그렇게 빠져나가는 건 비교적 흥분하지 않은 소수

뿐이었다. 대부분은 전장에 남아서 끝까지 싸웠다.

"이게 대체……."

남궁재영의 의아한 얼굴로 중얼거렸다.

*　　*　　*

강호 무림은 칠검전쟁에 주목하고 있었다. 그러나 그 전쟁은 채 하루도 되지 않아 종료를 맞이했다.

"전쟁이 끝났다고?"

"그게 무슨 소리인가. 칠검전쟁은 막 시작된 것이 아니었나?"

상명진인이 염화살마를 맡았고, 남궁재영은 산화일장을 막으려다가 뇌음도 서문이진과 싸웠다.

처음에 이 이야기를 들었을 때 사람들은 산화일장이 혈근경을 차지할 것이라 예상했다.

그러나 생각과는 달리 전혀 상상하지도 못한 사람의 튀어나와 상황을 순식간에 정리했다.

"뇌음도처럼 칠대 세력 외의 고수가 참전했나?"

"그러네."

"그게 누군가?"

"주서천!"

대다수 사람들은 그 이름을 들었을 때 고개를 갸웃거렸다. 또는 전혀 믿지 않는 반응을 보였다.

　"주서천? 설마 봉추를 말하는 겐가?"

　"이젠 봉추가 아닐세. 매화정검(梅花整劍)이지!"

　봉황에 가려진 그 별호는 새로이 탈바꿈됐다.

　"도대체 어떻게 된 건가? 자세히 말해 보게."

　"태허검자, 염화살마, 남궁패검, 뇌음도가 고원의 아래에서 싸우고 있는 동안 산화일장이 수하들을 이끌고 정상으로 향했네. 마침 그 위에는 태산파, 숭산파, 항산파의 제자들이 있었다고 하더군."

　"저런!"

　산화일장은 천하백대고수이고, 혼자도 아니었다. 아무리 오악검파라 해도 막아 내기가 힘들었다.

　사람들은 주먹에 땀을 쥐면서 그다음 이야기에 집중했다.

　도대체 이 상황을 어떻게 정리했던 것일까?

　"그리고 곧장 마교의 무리까지 올라와 무림맹, 사도천, 마교가 섞여 처절하게 싸웠다고 하네."

　"끔찍했겠군!"

　"마교도는 금세 산화일장에 의해서 전멸했고, 그 손은 무림맹의 젊은이들로 향했네. 하나 그 순간!"

꿀꺽.

"주서천이 등장해 '나는 모든 걸 정리하러 왔다. 무림의 평화는 내가 지키겠다.' 라고 외쳤지!"

"허어!"

말한 적 없다.

"그렇다면 그 봉추, 아니 매화정검이 산화일장을 이겼다는 건가?"

"암! 그렇고말고! 그것도 혼자서!"

"허어!"

주서천 홀로 산화일장과 정면 승부에서 이겼다는 소식이 알려지자, 과장된 것이 아니냐면서 믿지 않았다.

분명 누군가의 도움이 있다고 생각했다. 실제로 그 자리에 있던 오악검파에서 그런 말이 있었다.

하지만 그 위에 있던 목격자가 한두 명이 아니었고, 결국 진실이라는 것이 판명됐다.

"그럼 혈근경은 결국 어떻게 된 건가?"

"욕심으로 전쟁까지 불러들인 저주받은 것이라면서 매화정검이 그 자리에서 불태웠다고 하더군!"

"허! 완전 대협이네, 대협이야!"

강호의 소문이란 게 응당 그렇듯, 살이 붙고 왜곡되기도 했으나 그래도 완전히 허위는 아니었다.

주서천은 하루아침에 정파 무림의 대협으로 추앙받았다. 그만큼 활약상이 대단해 명성이 높아졌다.

금의검문의 신무기, 다발화전에 대해서도 널리 알려졌다. 관부의 병기부가 관심을 가질 정도였다.

다만 좋은 방향으로 유명해진 것만은 아니었다.

"아니, 금의검문은 '검'이라는 이름을 달 자격이 있는 건가?"

"참 나. 돈에 영혼을 팔았다고 하더니 그 말대로군! 사파보다 더 비겁하지 않나?"

"애초에 무인이 아니라 상인이 만든 곳 아닌가. 내 언젠가 사달을 낼 줄 알았네."

"흥!"

다발화전에 대한 평가는 좋았다. 그러나 무림 정서상 받아들이는 분위기는 아니었다.

자연히 개발하고 제작한 제갈승계에게도 이목이 쏠렸다.

"승 공자님. 여론이 좋지 않습니다. 발뺌할까요?"

이의채가 원하면 전면 부인해서 숨기겠다고 말했다.

"됐습니다. 욕먹는 거 익숙합니다. 숨기고 있는 게 욕먹는 것보다 더 싫습니다."

제갈승계는 이의채의 제안을 거절했다. 인정받지 못하는 건 익숙하다. 욕먹는 건 항상 그랬다.

일상이 세가 내에서 외부로 바뀐 것뿐. 별반 차이도 없게 느껴졌다.

"제갈세가라면 확실히 저런 걸 만들 만하지."

"오해하지 마시오. 우린 저딴 건 생각하지도 않소."

제갈세가는 무관한 일이라면서 전면 부인했다.

"한데, 결국 칠검전쟁은 누가 이긴 겐가?"

"누가 이겼다고 확답하기에는 애매하군."

"각각 피해는 어떤가?"

"천 명 중 사백여 명이 사망했고, 이백여 명이 중상을 입었지. 나머지 사백 명 정도가 살았네."

"어디가?"

"무림맹, 사도천. 마교의 경우는 생존자들이 겨우 백 명밖에 되지 않는다고 하더군."

혈근경이 불타 없어지자 사도천은 곧장 퇴각했으나, 마교는 대부분이 남아서 끝까지 싸웠다.

자존심이 상해 도망치지 못한 게 아니라, 마성을 주체하지 못해 이성을 되찾지 못해서였다.

"굳이 말하자면, 그 전쟁의 승자는 매화정검일지도 모르지."

第五章
새옹지마(塞翁之馬)

"천권."

"예."

천권의 몸에서 땀이 폭포처럼 쏟아져 내렸다.

"칠검전쟁에 투입됐던 간자는 어떤 자들이지?"

"곤륜파, 태산파, 숭산파, 항산파. 그리고 무림맹과 사도
천에서 각각 신뢰받은 무인들입니다. 무림맹 이십, 사도천
삼십이. 도합 오십이 명입니다."

"그래. 그러면 그들이 어떻게 됐느냐?"

"……신원을 알 수 없는 고수에 의하며 전부 사망했습니
다."

"그 후 어떤 대처를 했는가."

"천기에게 명령을 받아 조사를 위해 고원으로 투입됐습니다."

"어떻게 됐는지 말해 보거라."

"……칠검전쟁 이틀 전에 도착해 조사해 봤으나 간자들의 흔적은 찾지 못하였고, 전쟁도 끝났습니다."

"하하. 그 말대로다."

암천회주가 턱을 괸 채로 무감정하게 웃었다.

그 웃음소리에 천권이 몸을 움찔 떨었다.

"천권 그대가 만약 혈근경이 불타는 걸 막고 탈취했다면 모를까, 결국 아무것도 못 한 거군."

"죽여 주십시오!"

쿵!

천권의 이마가 지면에 부딪쳤다.

"아니."

암천회주가 머리를 좌우로 흔들었다. 아무것도 보이지 않는 암흑 속에서 오로지 눈빛만 보였다.

"천권. 그대가 할 일은 아직 많이 남아 있다. 특히나 여러 곳을 돌아다니는 몸이 아닌가. 우수한 인재를 잃게 되면 앞으로의 일이 성가실 테니, 그럴 수 없다."

"아닙니다. 부디 무능한……."

"내 그래서 그대의 친척을 잡아 고문한 뒤 죽였느니라."

"……!"

바닥을 내려다보는 천권의 동공이 떨렸다.

"마음에 안 드는가?"

"아니옵니다! 회주님의 넓은 아량에 깊이 감복하여 말이 안 나와서 그렇습니다!"

"다행이군."

암천회주가 어둠 속에서 웃었다. 사람이라기보다는 악마에 가까운 미소였다.

"천기."

"예!"

천권 옆에 부복하고 있던 천기가 곧장 답했다.

"팔은 어떠냐."

천기는 얼마 전까지만 해도 사지가 멀쩡했지만, 이제는 아니다. 왼팔을 잃어 외팔이가 됐다.

"회주님께서 깔끔하게 베어 주신 덕에, 출혈조차 나지 않아 회복이라고 할 것도 없었습니다. 지금은 고통조차 느껴지지 않아, 이 천기. 회주님의 배려에 감복, 또 감복하였나이다!"

흉마의 무덤을 책임졌던 건 천기다. 그리고 흉마의 무덤이 수몰되자 대신 혈근경을 내세웠다.

그런데 그 혈근경도 불타 없어지고, 야심 차게 준비했던 전쟁은 결국 하루 만에 끝나 없어졌다.

책임을 져야 했다.

"그대는 어차피 본 회의 두뇌가 아닌가. 그래서 고심 끝에 팔은 필요 없을 것 같아 잘랐도다."

"저 따위를 위해서 회주님께서 생각을 해 주시다니, 정말로 감사할 따름입니다!"

미쳤다고 생각할지도 모르나, 천기는 진심으로 암천회주의 아량에 감사를 느끼고 있었다.

실수를 팔 하나로 만회할 수 있었으니까.

"그럼 본론으로 들어가서, 주서천에 대해서 어찌 생각하는지 의견을 말해 보아라."

"실력이 없는 건 아니지만, 운이 크게 적용됐다고 생각됩니다."

"운?"

"예. 당시 고원에서 일어났던 싸움 중, 산화일장은 마교도 대부분을 혼자서 상대하느라 지쳤습니다. 무엇보다 주서천이 어리다고 상당히 얕보았고, 여러 복합적인 요건에 의해서 그리 쉽게 당한 듯합니다."

"그리고?"

"그래도 천하백대고수를 이기는 건 결코 쉽지 않습니다.

운이 좋다 해도 실력 또한 있어야 하지요. 결코 예사로운 놈은 아닙니다. 주의할 필요가 있습니다."

"사도천에는 궁귀검수, 무림맹에는 매화정검인가. 무림이 난세라는 걸 느끼기 시작한 건지, 곳곳에서 인재들이 튀어나오는구나."

암천회는 새싹이라도 쉽게 넘어가지 않는다. 그게 구파일방처럼 명문지파일 경우는 더더욱 그렇다.

"척살 순위를 이급으로 올려 감시해라. 기회가 있다면 얼마든지 죽이도록."

"유치한 정의심으로 본 회의 대계를 방해한 놈입니다. 결코 놓치지 않고 척살하도록 하겠습니다."

＊　　　＊　　　＊

"염화살마, 그 마두를 죽이자마자 소식을 들었을 때는 솔직히 무슨 일이 일어난 것인지 이해 못 했네."

상명진인이 수염을 매만지면서 소감을 내뱉었다.

"아무리 체력이나 내공을 소진했다고 한들, 산화일장을 정면 승부로 이기다니. 정말로 대단하군."

"아닙니다. 요행이 있어서 가능했던 일입니다."

주서천이 허리를 숙인 채로 공손하게 답했다.

"요행 또한 실력이지. 천하백대고수에겐 그런 것만으로는 불가능하네. 자랑해도 아무도 뭐라 하지 않을 텐데, 정말로 겸손한 태도로군. 화산파의 미래가 밝아."

곤륜파의 장문인조차도 주서천이 설마 이런 활약을 할 줄은 상상도 하지 못했다.

"내 마음 같아선 자네와 좀 더 대화를 나누고 싶으나, 아무래도 그럴 입장이 아니라서 말일세."

장문인이다 보니 오랫동안 문파를 비우고 있을 수 없었다. 흉마의 무덤 조사로 시간이 상당히 흘렀다.

사도천과 마교가 철수하고, 칠검전쟁이 공식적으로 끝나자 상명진인은 곧장 곤륜파로 돌아갔다.

칠검전쟁 대표 보고자는 남궁재영이 맡았다.

"무림맹에서 명령이 내려왔다."

주서천과 당혜는 남궁재영에게 불림을 받았다.

"합비, 무림맹의 본부로 귀환령이 떨어졌다. 나는 물론이고 두 사람도 마찬가지다."

"설명을 위해서인가요?"

당혜가 예상했다는 듯이 물었다.

"그래. 상명진인께서도, 그리고 나도 혈근경 앞에서 벌어진 일은 자세히 모르니까."

"그리하도록 하죠."

참전하기 전부터 예상한 일이었다. 군말하지 않고 따라 가기로 했다.

"주 대장. 우린 어떻게 해야 하오?"

사천당가의 무사들이야 묻지 않아도 당혜를 따라갈 예정 이었으나, 금의검문은 좀 달랐다.

"돌아가서 상단주에게 전쟁에 대해 전부 설명해 주도 록."

"알겠소. 그럼 나중에 뵙겠소이다."

금의검문은 먼저 출발하여 산동으로 향했고, 나머지 일 행은 남궁재영과 동행해 무림맹으로 떠났다.

산서에서 합비까지 그다지 멀지는 않지만, 칠검전쟁으로 지쳐 있어 두 다리로 걷기에는 무리였다.

그래서 여행 도중 말을 구해 달렸다. 그렇다고 급박한 상 황 정도는 아니었는지라 서두르지는 않았다.

"매화정검의 무공이 사실은 대단하다며?"

"그래. 내 오악검파의 제자들에게 직접 들었네."

그동안 어딜 가던 그다지 곱지 못한 시선을 받았다.

독봉에게 비겁하게 승리하고 그녀의 치맛자락 안에서 숨 어 다닌다는 둥 비난만 받았다.

하지만 칠검전쟁에서 활약하고 매화정검이라는 별호가

붙자 그 시선은 전부 바뀌었다.

"그렇다면 독봉과의 대결에서도 정당하게 이긴 것이겠
군."

"암, 당연하고말고."

"그러고 보니 주 대협은 연화각 출신이 아니었나? 애초
에 화산파의 인재만 모이는 곳에 있었는데 형편없다는 것
이 좀 이상하지 않나? 난 예상했었지."

"자네 분명 매화정검이 참전한다는 걸 듣자마자 아무것
도 모르는 철부지가 죽고 싶어 환장했다면서 욕하지 않았
나?"

"커, 커흠!"

참고로 귀행(歸行)의 구성원은 남궁세가, 사천당가뿐이
었다.

칠대 세력에 참전했던 나머지 문파는 전쟁지에 남아서
정리하거나 혹은 곤륜파처럼 본산으로 귀환했다.

"흐!"

주서천은 고수다. 청각에 조금만 집중하면 그 목소리가
아무리 작더라도 전부 들을 수 있었다.

당연히 자신에 대한 평도 전부 놓치지 않고 들었다. 고평
가이다 보니 입가에 자연스레 웃음이 걸렸다.

아직 영웅이라 불릴 정도는 아니지만, 이 정도도 충분했

다. 전생에서조차 이런 평가는 못 들었다.

무엇보다 아직 나이가 어린데도 이렇게나 인정받는 게 더더욱 기분이 좋았다.

"당신, 지금 얼굴 굉장히 기분 나쁜 거 알고 있어? 소름 끼칠 정도라 내 팔에 닭살이 다 돋을 정도네."

당혜가 희희낙락하는 주서천을 보고 혀를 찼다.

"사촌이 땅을 사면 배가 아프기 마련인데, 하물며 남이 전쟁에서 이름 좀 날렸으니 속이 찢어지겠지. 마음 넓은 대협이 참아야 하지 않겠는가?"

주서천이 웃음을 거두지 않았다.

"정말로 창자가 찢어지는 고통을 알려 줄까?"

'당분간 이 여자랑 밥은 먹지 말아야겠어!'

원래 밥은 혼자 먹어야 하는 법!

강호 무림 이 무서운 세상 속에서 어찌 누굴 쉽게 믿겠는가. 무림 정파는 속이 검으니 특히 그렇다.

'나에게 이런 날이 올 줄이야!'

호의 어린 시선이나 혹은 부러움과 질투.

전부 전생에선 경험해 본 적 없었다. 특히나 후자의 경우는 본인이 몇 번이나 가졌던 감정이었다.

욕이나 무관심은 전생에서도 받은 적이 있어 아무렇지 않았는데, 이런 종류는 처음이었다.

툭 까놓고 말하면 기분이 좋았다. 가슴 좀 펴고 코도 높이 세우고 다닐 수 있게 됐다.

"무림맹이라…… 반가운 사람을 볼 수 있겠는데."

"지룡?"

"어떻게 알았지?"

주서천이 깜짝 놀랐다.

"당신에 대해서 조사했을 때, 조금."

"당가의 원한이란……."

원한을 갚으려고 이리저리 조사한 게 분명했다.

"그러고 보니 너도 무림맹에 도착하면 꽤나 정신없겠네."

정파 무림 최고의 후기지수 오룡삼봉. 무엇보다 명가의 여식이지 않은가. 교류로 바쁠 것이 분명했다.

당혜는 상당한 독설가이나, 그렇다고 예법을 모르는 건 아니다. 어디까지나 상대를 가려서 한다.

실제로 금의검문의 무사들에게도 말을 놓지 않고 경어를 유지했다.

보통 자존심을 건들거나 마음에 들지 않는다면 봉인을 해제하고 신랄한 독설을 내뱉곤 했다.

"무림맹……."

당혜는 무언가 고민에 빠진 듯 눈을 지그시 감았다. 주서천은 그런 당혜를 보고 걱정했다.

'무림맹에서 어떻게 해야 내 음식에 창자가 찢어지는 독을 넣을 수 있을까 고민하는 건 아니겠지?'

*　　　*　　　*

합비, 무림맹.

제일 먼저 보인 건 으리으리한 정문이었다. 괜히 무림맹 본부가 아니라는 듯, 그 규모가 웅대했다.

정문뿐만 아니라 옆으로 즐비한 담장도 보통이 아니었다. 끝이 보이지 않을 만큼 길었다.

그리고 담장만큼 길게 이어진 사람들의 행렬이 보였다. 정파 무림의 심장부인 만큼 방문객도 상당했다.

원래라면 이 기나긴 줄에 서서 기다려야 했겠지만, 일행이 일행인지라 그럴 필요가 없었다.

무림맹주의 아들인 남궁패검과 오룡삼봉 중 일봉이 있다. 당연히 앞에 있는 줄을 무시하고도 들어갈 수 있었다.

"……."

주서천은 정문을 보자마자 입을 다물었다. 아무런 이야기를 하지 않고, 그저 구경하듯 곳곳을 살펴봤다.

'전란이 있기 전의 무림맹은 이랬구나…….'

무림맹이 처음인 건 아니었다.

전생에 몇 번 방문한 적 있었으나 전부 전란의 시대 이후였다.

무림맹을 최초로 방문했을 때도 정사대전이 끝난 이후 잠깐의 평화가 있을 때였다.

기억 속의 무림맹은 이미 정사대전으로 만신창이가 되어 있는 이후였다.

전란의 막이 내렸을 때 반은 복구되었다곤 했으나, 그때는 이미 자신이 화산오장로였을 때였다.

화산파의 재건에도 바쁜데 한가하게 무림맹 본부까지 갈 수 있을 리 없었다.

'평화⋯⋯.'

칠검전쟁이 이리 간단히 끝난 게 아직도 믿기지 않았다. 원래라면 정사대전으로 이어졌어야 한다.

'막았다.'

칠검전쟁은 미래를 향한 분기점이었다.

이 분기점이 어떻게 되느냐에 따라 미래가 크게 바뀐다. 정사대전이란 건 무림 역사에서 항상 중요했다.

하지만 그 전쟁이 일어나지 않았다. 칠검전쟁 자체가 하루 만에 끝났다.

'이 줄기가 어떻게 변할지는 아무도 모른다.'

원래의 칠검전쟁만 해도 희생자가 만 명이 넘었어야 한다. 계속되는 조사에 수많은 인원이 투입됐다.

무림맹, 사도천, 마교를 합한 수였으니 당연했다.

그런데 그 죽어야 할 사람들이 살아남았다. 그들은 살아서 미래에 각각 영향을 줄 터.

앞으로 벌어질 일은 이제 예측불허였다.

무림맹에 도착하고 귀빈실을 배정받았다.

그리고 처음으로 방을 방문한 사람은 하인이나 하녀가 아니라, 몇 년 만에 대면하는 사람이었다.

"주 소협. 정말로 오랜만이군."

훗날 천군사라 불릴, 무림맹의 부군사였다.

"정말로 오랜만에 뵙습니다, 부군사님."

주서천이 놀라워하며 얼른 인사했다.

'과연 미옥공자! 앞으로 난 무슨 자신감으로 살아야 할까? 내 외모에 대해 회의감이 드는군!'

기억에 의하면 제갈상과는 일곱 살 차이였으니, 지금은 스물하고도 다섯 살이다.

당연히 오랜만에 봤다고 주름이 늘었다거나 할 일은 없었고, 반대로 과거보다 더 대단해졌다.

"둘이 있을 때는 그렇게까지 딱딱하게 할 필요는 없다."

제갈상이 부드럽게 웃었다. 저 웃음에 도대체 몇 명의 사람들이 반했을지 의문이 들었다.

'그나저나…… 정말로 알아서 잘 성장했구나.'

미래가 바뀌면서 조심해야 할 사항이 있다. 대표적으로 역사의 주요 인물이 죽지 않도록 조심하는 일.

대표적으로 눈앞에 제갈상이나 제갈수란이 예정보다 더 일찍 죽는다면 정파 무림에 미래는 없다.

그래서 나름대로 두 사람에 대해서 신경을 쓰고 있기는 했다. 그러나 어디까지나 생사 유무 정도였다.

어떻게 도우려고 해도, 아직 이렇다 하고 도와줄 게 없었다.

장본인이 워낙 뛰어나니 장애물이 있어도 알아서 해결했고, 세가 자체에서도 지원이 상당했다.

무엇보다 인맥도 보통이 아니다. 이미 무림맹의 주요 인사들과는 친하게 지내고 있었다.

도움이 될 일이야 훗날 전란의 시대에 한해서라서 어떻게 도움을 줄지도 고민이었다.

무엇보다 쉽게 도울 수 없는 것이 하나 있었는데.

'괜히 입 잘못 놀렸다간 의심받을 수 있다는 거야.'

제갈상은 과거의 기억을 지닌 것도 아닌데 정보와 추측만으로 미래를 예상하곤 했다.

괜히 암천회에서 제갈상을 죽이려던 게 아니다. 그만큼 그의 두뇌는 적에게 위협적이었다.

이런 제갈상에게 도움 주겠다고 말 잘못 놀렸다간 추궁을 받거나, 혹은 괜한 의심을 살 수 있었다.

"장강에서 승계와 함께 널 잃었을 때, 그때의 일이 아직도 머릿속에서 지워지지 않는구나."

"죄송합니다. 제가 그때 승계를 구해서 곧장 합류했어야 했는데……."

"아니, 반대로 내가 감사할 입장이지…… 이에 관해선 말을 아껴야겠군. 아무래도 내가 그리 오래 대화할 입장은 아니라서 말이야."

제갈상이 아쉬운 얼굴로 쓰게 웃었다.

부군사라고 한가하지 않다. 반대로 군사에게 인계받는 중이라 바쁘면 더 바빴지 여유 있지는 않았다.

할 이야기는 산더미만큼 많았다.

그동안 어떻게 지냈느냐, 장홍이나 장서은과는 만났느냐. 제갈승계는 잘 지내는지도 묻고 싶었다.

그러나 시간은 그다지 길지 못했고, 아쉬움을 달래면서 방에서 떠나야 할 때가 됐다.

"그럼 오늘은 푹 쉬고 내일 보자."

"남궁패검과 매화정검이 무림맹에 도착했습니다."

"흠."

사도천주가 턱을 긁적였다.

칠검전쟁이 끝난 지도 어언 일주일이 지났다. 처음 결과를 들었을 때는 분노보다는 황당함이 컸다.

혈근경을 눈앞에서 놓친 것이 짜증 났지만, 그 산화일장을 화산파의 애송이가 죽인 게 믿기지 않았다.

"도대체 뭐하는 놈이지?"

산화일장은 사도천주가 나름 신뢰하는 인물이었다.

여기서 신뢰한다는 건 능력 면이었다.

무공뿐만 아니라, 지도력이나 머리도 그럭저럭 잘 굴린다. 주도면밀해서 방심도 잘 안 하는 고수였다.

태허검자나 염화살마, 남궁패검에게 당했다면 또 모른다. 그런데 웬 이상한 놈에게 당했으니 당황했다.

"겨우 열여덟 살? 화산파에 인재가 나왔군."

나이를 들었을 때 도저히 믿을 수 없었다. 몇 번이나 조사해 봤지만 그 나이가 맞았다.

"재능이 보통이 아니야."

사도천주의 눈이 가늘어졌다.

"나중을 생각해서라도 현상금을 걸어 놔야겠어."

확실히 대단하기는 하지만, 크게 신경 쓸 정도는 아니라고 생각했다.

"멍청한 놈. 마교도 여럿과 싸워서 지쳤으면, 방심하지 말았어야지."

사도천주는 산화일장의 방심을 패배 요인으로 삼았다. 분명 상대가 무명에 어려서 그랬을 것이라고.

"혈근경을 손에 넣지 못한 것이 조금 아쉽지만, 됐다. 어차피 정사마 전부 피해를 입었으니까."

피해 인원수는 엇비슷했다. 무림맹이 고수의 피해는 없었지만 그렇게까지 안타까워할 정도는 아니다.

"당분간 조용해질 것 같으니, 이 틈을 타서라도 폭섬도문과 묘가검문 그 둘이 싼 똥이나 치워야겠어."

사도천주는 아직도 두 문파로 고생 중이었다.

* * *

마교(魔教)란, 힘을 숭배하는 종교이자 무림 세력이다. 이 '힘'이라는 것은 마교의 사상이자 근원이었다.

"약한 것은 곧 죄다."

힘!

마교에 이 힘이란 사상은 무척 극단적이고, 엇나가 있었다. 괜히 이름에 마(魔)가 붙는 게 아니었다.

강하다면, 어떠한 죄라도 용서된다.

아니, '죄' 자체가 성립되지 않았다.

누군가를 범해도 개의치 않는다.

누군가를 죽여도 개의치 않는다.

누군가의 재물을 빼앗아도 개의치 않는다.

그 어떠한 경우에도, 강자를 탓하는 건 없었다.

마교에서는 강자가 약자의 것을 빼앗거나 없애 버리는 건 숨 쉬는 것처럼 당연한 일이었다.

이 힘이라는 단순무식하고 잔악무도한 정신 나간 사상은 상당히 오랫동안 이어져서 지금껏 유지되고 있었다.

그리고 이 마교에서 제일로 강한 자는 곧 지배자로 군림할 수 있었다.

인성이나 예법 따위는 보지 않았다. 그딴 건 전혀 문제가 되지 않는다. 강하다면 충분했다.

마교에선 그 강자를 교주, 천마(天魔)라 한다.

신강, 십만대산.

발목까지 파일 정도로 푹신한 융단이 깔린 아흔아홉 개의 계단 위, 실오라기 하나 걸치지 않은 남녀들이 뒤엉켜 동물 울음소리를 내뱉고 있었다.

"그래서 최후에는 매화정검이 혈근경을 흔적도 남기지 않고 없앴단 말이더냐?"

"그렇습니다!"

칠검전쟁의 최대 피해자는 마교였다. 참전한 천여 명의 마교 무사들이 전멸하다시피 했다.

하지만 생존자가 없던 건 아니었다. 몇몇은 살아남아 마교로 돌아와 보고를 올렸다.

그들은 고원에서 보고 들은 바를 세세하게 설명했다.

"죽고 싶어 환장했나 보군."

그리고 마교는 사도천과 달리 혈근경을 진심으로 원했다. 상승의 마공을 얻어 전력을 키우려 했다.

패배한 것이나 피해 입은 것은 짜증 나지만 괜찮다.

다시 전력을 투입해서 혈근경을 가져오면 된다.

그런데 그 중요한 혈근경이 없어졌다. 행방을 알 수 없도록 사라진 게 아니라 불타 없어져 버렸다.

"죽여라."

마교가 주서천을 쫓기 시작했다.

* * *

정파에서 명예, 그것도 불명예란 건 무척 중요하다.

어떠한 문파가 불명예를 남길 만한 행동을 했다면, 무슨 일이 있더라도 스스로 그 행동을 해결해야 한다.

만약 그렇지 않으면 그 문파는 불명예가 풀리지 않고 영원히 남아 후대까지 계속해서 언급하게 된다.

지금의 소림사가 그랬다.

소림사는 혈승이라는 불명예를 낳았고, 이에 대하여 책임을 지고 매듭을 지어야 했다.

그러나 결국 혈승을 놓쳐 해결하지 못했고, 그 결과 사백 년이 지난 오늘날까지도 언급되고 있었다.

소림사가 해결하지 못한 숙원이라고.

그러던 중 혈근경이 사백 년 만에 등장했다.

비록 혈승은 놓쳤으나, 그 후인을 남길 수 있는 비급의 출현은 숙원을 풀 천재일우의 기회였다.

그러나 이러저러한 사정으로 참전하지 못하게 됐고, 대신 무림맹에게 비급을 인수받기로 약조를 받았다.

"후우……."

그런데 그걸 주서천이 도중에 소각해 버렸다. 이는 생각보다 간단하게 넘어갈 수 있는 일이 아니었다.

소림사는 숙원을 풀 천재일우, 아니 최후일지도 모르는 기회를 잃었다.

무림맹 또한 이 탓에 입장이 곤란해진 상황이었다.

"지금은 그러한 상황이란다."

검성, 남궁위무가 신음 소리를 흘렸다. 다른 수뇌부도 마찬가지였다. 다들 곤란한 표정만 지었다.

"아, 그렇다고 너를 탓하려고 부른 건 아니니 걱정하지 말거라. 네 행동이 나쁜 것만은 아니니까."

남궁위무는 새하얀 눈썹에 가려진 눈매를 초승달처럼 휘어 인자하게 웃었다.

"네가 좀만 더 생각하고 행동해 주었다면……."

하북팽가의 장로, 팽군평이 원망하듯이 중얼거렸다.

"허! 저 돌머리에게 생각하고 행동해 달라고 듣다니! 얘야, 내가 너라면 당장 목숨을 끊었을 게야!"

개방의 장로, 취봉개(取棒丐) 황견이 말했다. 농인지 진담인지 구분할 수가 없었다.

옆에 있던 팽군평이 시선을 돌려 황견을 죽일 듯이 노려봤으나, 황견은 어깨를 으쓱여 모른 척했다.

"과연, 어떠한 사정인지 이해했습니다."

주서천이 머리를 위아래로 흔들었다.

무림맹 회의가 시작하고 얼마 지나지 않아 참고인으로 부름을 받았고, 있는 그대로 설명했다.

당연하지만 칠검전쟁이 시작된 후의 경위에 대해서다. 그 전에 간자에 대한 건 말하지 않았다.

이 이야기 자체는 별 대단한 게 없었다.

그 날 고원에 주서천만 있던 것도 아니다. 이미 다른 사람에 의해서 몇 번이나 보고됐던 사항이었다.

차이가 있다면 장본인이 설명하는 것 정도.

무림맹 수뇌부가 주서천을 호출한 건 절차상인 것도 있었으나, 소림사와의 일을 설명하기 위함이었다.

"주서천."

남궁위무의 옆, 학사풍의 노인이 그를 불렀다.

"예, 군사님."

군사, 제갈중호.

부군사 제갈상을 가르쳤을 뿐만 아니라 조부이다.

본래 가주직을 제갈운에게 물려준 다음 은거할 예정이었으나, 친우의 부탁으로 군사를 맡게 됐다.

검성, 남궁위무와 무려 두 세대를 현역으로 활약하고 있는 몇 안 되는 노장(老將)이었다.

"괜찮다면 목을 좀 조르고 싶은데 괜찮겠느냐?"

소림사의 참전을 반대한 건 사실상 제갈중호였다.

그 입장에선 주서천이 모든 일을 망친 주범으로 보였다. 보자마자 배알이 뒤틀려 미칠 지경이었다.

"진정하게나, 이 친구야."

남궁위무가 쓴웃음을 흘리며 제갈중호를 말렸다.

"허이구, 친우를 잘못 둔 탓에 노년까지도 고생하더니만 이젠 손자뻘 되는 놈이 날 죽이려 하는구나! 그 중들이 한 번 입을 열면 얼마나 긴지 알겠느냐?"

제갈중호가 뒷목을 잡고 화를 버럭 냈다.

"군사님. 고정하셔야 합니다. 건강도 좋지 않으시지 않습니까?"

주서천이 제갈중호를 진심으로 걱정해 줬다.

'이 영감 안 그래도 얼마 안 남았는데…….'

제갈상이 서른도 되지 않아서 군사에 오른 건 능력도 능력이었으나, 제갈중호의 많은 나이 탓이기도 했다.

기억에 의하면 제갈중호는 정사대전이 시작하고 얼마 지나지 않아서 사망한다. 길어 봤자 이 년이었다.

"이 일은 저에게 맡겨 주시지 않겠습니까?"

"아가야. 네가 무언가 큰 착각을 한 것 같은데, 우린 이걸 해결하라고 널 부른 게 아니란다."

황견은 어이없다는 듯이 피식 웃었다. 한쪽 입꼬리가 올라간 걸 보면 명백한 비웃음이었다.

"일단 절차상 장본인에게 보고를 받아야 하는 것도 있고, 네 탓에 엿 됐으니까 화산파에 잘 설명해서 소림사가 열 받은 걸 어떻게 좀 해 보라는 거지."

"황 장로, 지금 회의 중이시라는 것을 잊으신 걸까요. 좀 더 주변을 배려하여 주의해 주셨으면 하네요."

아미파의 장로, 경인사태(敬仁師太)가 미간을 좁히면서
말했다. 이에 황견이 투덜거리면서 사과했다.

"제게 생각이 있습니다."

"생각? 생각이 있는 놈이 혈근경을 불태워?"

제갈중호가 발끈했다. 당장이라도 달려들 자세였다.

"이 친구야, 제발 좀 진정하게. 그래도 이야기는 좀 들어
야 하지 않겠나. 쯧쯧."

남궁위무가 못 말리겠다는 듯이 혀를 찼다.

"후우, 후우……."

제갈중호가 심호흡하면서 화를 가라앉혔다. 조금 진정할
수 있어지자 입을 열어 작은 목소리로 말했다.

"좋다, 말해 봐라."

"그런데 여기에서 말하기에는 좀 그렇습니다."

"널 죽여 버리겠다아!"

第六章
상천검접(上天劍接)

"하, 할아버님!"

근처에서 대기하고 있던 제갈상이 나와 날뛰는 조부를 뜯어말렸다.

"놔둬라. 아무래도 목 좀 졸라야겠다."

황견이 제갈상을 보고 고개를 좌우로 절레절레 흔들었다. 그 외의 무림맹 장로들 반응도 비슷했다.

다들 주서천이 한 말에 어이없거나 불쾌해하는 모습이었다.

"매화정검. 그대의 공을 생각해서 참고 있으나, 더 이상 저희를 능멸하려 하지 마십시오."

경인사태가 엄중한 목소리로 경고했다.

'아, 어쩌지.'

한편, 곤란한 건 주서천도 마찬가지였다.

혈근경이 또다시 암천회로 돌아가지 않도록 소각을 택했다. 그러나 뒷일을 생각 못 한 건 아니었다.

숙원을 해소할 기회를 잃은 소림사의 반응도 당연히 예상했고, 어떻게 대처할지도 생각해 두었다.

북두 소림이 아닌가. 정파 무림 최고의 전력인데 추후의 일을 생각하면 사이가 나빠져선 아니 됐다.

문제는 그 해결 방안을 이곳에서 함부로 공개할 수 없었다.

"조용."

어떻게 설득할지 고민하고 있을 때 주변을 정리하는 목소리가 들렸다. 그야말로 위압 그 자체였다.

얼굴을 붉히며 죽일 듯이 외치는 제갈중호도, 서로 수군거리던 장로들도 모든 걸 멈췄다.

마치 아무 일도 없었다는 듯이 자신들의 자리로 돌아간 걸 보면 다른 세상으로 이동한 기분이었다.

"화산파 사대제자, 주서천."

"예, 무림맹주님."

주서천은 부복한 채로 답했다.

"고개를 들고 내 눈을 보거라."

그 말대로 하자 보인 건 남궁위무의 눈이었다.

'검성, 남궁위무……'

어떠한 자물쇠건 풀 수 있다는 열쇠와도 같았다.

그 눈을 보자마자 벌거벗은 느낌이 들었다.

'상천십좌……'

오직 열 명밖에 없는 절대자. 그 절대자와 정면으로 마주
보는 건 난생처음이었다.

눈을 마주한 순간부터 변화가 일어났다.

사람이 사라지고, 눈앞에 있던 책상과 의자도 없어졌다.

땅도 갑자기 꺼지듯 사라진다. 다소 차갑게 느껴지던 약
간의 바람도 멈췄고, 기척도 없어졌다.

그 대신 구름 한 점 없는 새파란 하늘이 나타났다.

창궁. 창궁이었다.

"대처 방안이 있는가?"

창궁 위로 목소리가 울린다.

어디에서 들려오는 건지도 알 수 없었다.

그러나 그 목소리의 주인은 틀림없는 검성이었다.

그 목소리는 광활하게 울려 퍼지면서 차근차근 거리를
좁혀 와 어떠한 것보다 묵직하게 짓눌러 온다.

결려 오던 어깨는 이윽고 몸 전체로 퍼지다가 가슴속에

숨어 있는 혼까지 파고들어 압박했다.

주서천은 그 압박을 거부하지 않았다.

두려워하지 않았다.

피하지 않았다.

반발하지 않았다.

눈앞에 무엇이 있건 간에 상관하지 않았다.

그저 정면을 주시하면서 들려온 목소리에 답했다.

"예. 확실히 있습니다."

말을 끝낸 순간, 모든 것이 원래대로 돌아왔다.

무엇을 경험한 것인지도 몰랐다.

얼마만큼의 시간이 지난 건지도 몰랐다.

다만 방금 전에 보고 있었던 광경이 되돌아왔다.

"그럼 됐네."

남궁위무가 굳은 표정을 풀고 인자하게 웃었다.

"하?"

"오늘 회의는 내일로 미루겠소. 그리고 괜찮다면 이 아이와 산책 좀 하려 하는데, 괜찮겠소?"

그 물음에 좌중은 침묵에 잠겼다.

그 누구도 뭐라 하지 못했다.

아니, 할 말을 잃었다고 표현하는 것이 정확했다.

그 고요를 깬 것은 화를 참지 못한 제갈중호였다.

"지랄!"

＊　　　＊　　　＊

　수뇌부가 골머리를 썩이던 회의는 결국 이렇다 할 결과를 내지 못하고 끝났다.

　아니, 끝난 게 아니었다. 정확히 말해선 검성의 뜬구름 잡는 소리로 연기됐다는 것이 맞았다.

　"그 친구가 원래 젊었을 때는 그러지 않았는데, 어째서 인지 나이가 들수록 참을성이 없어지더구나."

　남궁위무가 뒷짐을 진 채 쓴웃음을 흘렸다.

　"아닙니다. 제가 말하고도 어이가 없었는걸요."

　주서천이 멋쩍은 듯이 웃으면서 머리를 긁적였다.

　'그나저나 여기는 어디지?'

　남궁위무가 산책을 하자면서 데려왔다.

　무림맹 본관에서 북쪽으로 반 시진 정도를 걷자, 남만의 밀림과 같은 죽림(竹林)이 나타났다.

　"무림맹주란 게 되어 보니 참 피곤하더구나. 어딜 가도 시선 탓에 제대로 쉴 수 없는 게 힘들더군."

　"혹시, 기문진법으로 가려진 은신처입니까?"

　"허어. 무공까지 뛰어나더니 지성도 보통이 아니구나.

그야말로 정파 무림의 복이 따로 없도다."

남궁위무는 감탄사와 동시 기분 좋은 듯이 웃었다.

그리고 노인과 청년은 다시 말없이 걸었다.

반 시진 정도 걸었을까, 끝이 보이지 않던 죽림이 잠시 끊어지면서 한적한 공간이 나왔다.

주변은 여전히 대나무로 둘러싸여 있었으나, 그래도 머리 위가 뚫려 있어 햇볕이 내려왔다.

"이 근처에는 이 늙은이 빼곤 아무도 없으니 걱정 말거라. 이제 좀 말해 줄 수 있겠느냐?"

남궁위무가 몸을 돌려 상냥한 목소리로 물었다.

"신경 써 주셔서 감사합니다. 바로 말씀드리겠……."

"아, 일단 듣는 것보다 보는 것부터 하고!"

"보는 것부터?"

라고, 묻는 순간 검이 날아왔다.

언제, 어떻게 검을 뽑았는지도 몰랐다. 그런 것은 그다지 중요하지 않았다. 그저 반응했다.

뇌에서 몸으로 명령을 내리고 내공이 단전에서 용솟음쳐 순환하는 시간은 찰나에 불과했다.

주서천 일생에서도 이렇게 반응했던 적은 없었다.

정신을 차렸을 때는 모든 걸 쥐어짜듯이 내공을 끌어 올려서 검강을 형성했다는 사실을 깨달았다.

째애애앵!

검신이 부딪친 순간, 월오삼검인 태아가 이제껏 없었던 떨림을 보인다. 고통을 느끼는 것처럼 울어 댔다.

그 떨림은 검신에서 손가락으로 전해져 빙판 위를 미끄러지듯이 지나가 두뇌를 두드렸다. 충격이었다.

"……!"

소리가, 나오지 않는다. 비명은 없었다.

첫 번째 생각은 놀라움.

두 번째 생각은 파악에 나선다.

세 번째 생각은 대경이었다.

"좋은 검이로군."

남궁위무가 태아의 검신을 슥 훑어보곤 웃었다.

첫 대면 때부터 방금 전에 보여 줬던 인자한 웃음.

그러나 주서천은 그 웃음에 압도됐다.

노인이 쥔 검에는 어떠한 형체도 보이지 않았다. 원래라면 검강을 버티지 못하고 절단됐어야 한다.

의문이 추측을 냈고, 추측은 확신이 된다.

"무형검강!"

입이 절로 벌어지며 경악 어린 비명이 터져 나왔다.

드디어 무의식의 경계가 무너진다. 생각이 몸을 따라가지 못했으나, 이젠 생각이 몸을 따라잡았다.

"그것에 놀란 게냐?"

남궁위무가 의아한 듯 고개를 갸웃거렸다.

"뭘 기대하신 겁니까!"

주서천이 황급히 물러나면서 외쳤다. 온몸에선 땀이 비 오듯이 흘러내렸다.

"숨기고 있던 경지."

"어차피 맹주님께 숨길 생각도 없었습니다."

검마도 한눈에 보고 알아봤는데, 아직은 그보다 고수인 상천십좌 검성이 모를 리 없다. 무림맹주와 대면한다고 들었을 때 분명 눈치챌 거라 생각했다.

"널 보고 얼마나 놀랐는지 아느냐. 끌끌."

남궁위무가 장난스러운 웃음을 흘리면서 현란한 발걸음을 밟았다.

'무한보(無限步)!'

주서천은 남궁위무의 발걸음을 보는 걸 포기했다.

보통 적의 보법을 보면 대충 어떠한 움직임을 보이는지 추측할 수 있지만, 무한보는 예외였다.

무한보는 이 보통의 방식을 이용했다.

적의 눈길을 끌어 발걸음의 탐색이 끝날 때쯤 전혀 다른 방향과 보폭으로 변경해 변화한다.

한 번이 아니라 이걸 몇 번이나 반복하는 탓에 한계가 없다는 이름이 붙었다.

"응? 무한보에 어찌 대응해야 하는지 알고 있군."

남궁위무가 주서천의 눈길을 보고 신기한 듯이 쳐다봤다. 그 와중에도 움직임은 멈추지 않는다.

소맷자락이 펄럭이면서 남궁위무의 손이 바람을 가르면서 다가온다. 손은 무시할 수 없는 위험이었다.

검이 아님에도 머리카락이 쭈뼛 섰다. 피부 위로도 닭살이 우수수 돋으면서 경고했다.

주서천은 급박하게 움직이면서 보법을 최대로 펼쳐 손목에 닿으려던 노인의 손을 아슬아슬하게 피했다.

"호오!"

남궁위무의 입에서 탄성이 흘러나왔다.

파바밧!

'무슨!'

주서천이 멈추려다가 섬뜩함에 재차 움직였다. 뒷걸음질치니 그가 있던 자리에 손이 다시 당도했다.

남궁위무는 목표를 놓쳐 버린 손을 무한보와 연결하여 물 흐르듯이 잇따라 뻗었다.

방향이나 힘의 세기, 그 외에도 공력의 운용까지 비슷하면서도 달랐다.

"대연십구식(大衍十九式)을 십일식까지 피해?"

남궁위무도 놀라움을 감추지 못했다.

"허허! 취미 삼아 배운 것이라고 내 그동안 게으름을 피웠구나!"

'취미?'

욕이 입 안까지 감돌았다가 들어갔다.

금나수(擒拿手)를 피하려고 유례없던 전력까지 끌어내면서 필사적으로 노력하고 있었다.

그런데 그게 취미 수준이라고 하니 욕이 안 나올 수가 없었다.

'검성이라면서 금나수로 화경을 밀어붙여?'

세상의 불합리에 분노가 나올 뻔했다.

"어허. 그래도 금나수에는 내 일생의 무학이 들어 있는 것이니 그리 억울해하지는 말거라."

남궁위무가 손을 거두면서 검초를 펼쳤다.

형태 자체는 남궁재영에게서도 보았던 창궁무애검법이었지만, 어째서인지 초식 하나하나가 절초였다.

검을 쭉 뻗어 찌르기를 보여 주면 정말로 하늘에 구멍을 뚫는 듯했고, 베려 하면 하늘을 쪼개는 듯했다.

속도는 한 줄기의 벼락과도 같았으며, 검에 실린 힘은 자연재해를 연상시켰다.

그 검에 대항하기 위해서 전력을 쏟아 붓는다.

정신을 차리고 있을 때는 이십사수매화검법을 극성으로 펼쳐서 어떻게든 받아치는 중이었다.

비밀을 위해서 십사수매화검법을 펼쳐야 한다는 등의 여유를 부릴 때가 아니었다.

괜히 힘을 아끼다가 검성이 펼치는 검초에 맞아 몸이 산산조각 나는 모습이 눈에 훤히 보였다.

여태껏 길어 봤자 십사초나 십육초 정도밖에 보여 주지 않았으나, 지금 처음으로 극성을 보였다.

이십사수매화검법은 본래 변검에 중점을 두나 십오초식 낙매분분(落梅紛紛)부터는 성질이 달라진다.

"음?"

남궁위무도 그것을 알아봤다.

최초로 검 끝이 흔들리더니만 이윽고 속도가 붙으면서 여러 잔상들을 남겨 환검(幻劍)으로 바꿨다.

낙매성우(落梅成雨)에서 수십여 개로 나누어지고 매영조하(梅影造河)에서 절정에 올라 수를 늘린다.

이윽고 무수한 초식이 이어지면서 넓게 퍼진 복수의 검화(劍花)가 한꺼번에 급소를 노리면서 쇄도했다.

어찌 보면 변화의 극(極).

"환검과 산검(散劍)에서 희미하게 맡아지는 매화 향, 이십사수매화검법인가. 숨기는 것도 참 많구나."

한 초식의 접근도 불허한 검성이 희미하게 웃었다.

무림맹주가 매화검수에 대해 모를 리 없었다.

"졌습니다."

무언가 시험하려는 의도를 눈치채기도 했지만, 방금 전에 검강을 유지한 채로 절기를 펼쳤다.

그럼에도 불구하고 내공이 아직 남아 있으나 결과가 눈에 훤하니 굳이 계속 이어 갈 필요가 없었다.

보여 줄 것은 다 보여 주었다고 판단한 주서천은 배 째라는 듯이 바닥에 대자로 뻗어서 숨을 골랐다.

현생일대의 패배. 그것도 완패(完敗).

그러나 어떠한 충격도 없다.

전생에 수를 셀 수 없을 정도로 경험했으니까.

"벌써?"

남궁위무가 누워 있는 주서천을 내려다봤다. 아쉬움 반, 불만 반이 뒤섞인 눈이다.

"영감님 손자들 중에서 아무나 데려와서 삼 초식 이상 버티라 해 보십시오. 만약 버티면 손에 장을 지지겠습니다."

검을 쥔 사람으로서 검성을 존경했었으나, 그 존경심도 방금 전의 비무로 눈곱만큼만 남기고 사라졌다.

아직까지도 장난스럽게 웃으면서 놀리려는 남궁위무의

눈길을 보니 성질이 제갈중호만큼 안 좋다.

"끌끌끌. 처음 봤을 때도 믿기지 않았지만, 검을 맞대 보았는데도 여전히 믿기지 않도다. 약관도 되지 않았는데 화경에 오르다니. 정신 나간 재능이로구나."

상천십좌도 열여덟 살에 화경에 오르지 못했다. 아니, 고금 역사를 뒤져 봐도 그런 무인은 없었다.

"괜찮다면 내 손녀랑 선 좀 보겠느냐?"

"수작 부리지 마세요."

"끄응!"

*　　　*　　　*

남궁위무는 주서천과 대화를 끝냈다.

검으로 맞대어 무위를 보는 겸 품성까지 확인한 뒤에야 소림사의 대안 방안에 대해서 물어봤다.

이에 주서천은 자신이 생각한 바를 있는 그대로 답했고, 남궁위무는 왜 말할 수 없었는지 이해했다.

날이 밝자마자 남궁위무는 제갈중호만 따로 불러 사정을 설명했다.

"반야신공이라고?"

제갈중호가 화들짝 놀라 목소리를 높였다가, 헙! 하고 놀라 입을 다물었다.

이내 이 주변이 몇몇만 제외하고 접근할 수 없는 기문진법 속의 은신처라는 걸 깨닫고 안도했다.

"과연, 이제야 모든 것이 이해가 가는군."

제갈중호는 주서천을 노려보다가 한숨을 푹 내쉬었다. 그 눈길은 어제와 다르게 한층 부드러워졌다.

수백 년에 소실되었다던 소림사의 절세무공!

아직까지 해석하지 못한 역근경 수준이 아닌가.

그 파장은 혈근경에 비교도 되지 못할 정도다.

혈근경은 마공인지라 연공하게 되면 쉽게 주화입마에 걸리거나 혹은 마성에 물들어 자신을 잃게 된다.

하지만 반야신공은 다르다. 무공이 난해하다 보니 설사 배우는 것이 어려워도 제정신을 유지한다.

설사 습득하지 못한다고 해도 상관없다. 반야신공은 금액으로 환산할 수 없으며, 소림사의 평생의 은인이 될 수 있다.

만약 이게 나온다면 정파, 사파, 마교는 물론이고 낭인이나 은거기인 등이나 새외까지 부를지 모른다.

내부를 순식간에 무너뜨릴 수 있는 절세신공.

그게 바로 소림사의 반야신공이었다.

"도대체 이걸 어디에서 얻었느냐?"

제갈중호가 출처부터 물었다. 분노는 눈 녹듯이 사라졌으나, 그 대신에 의심에 가까운 의문이 떠올랐다.

"강호 좀 떠돌다가 독혈곡에서 주웠습니다."

"독혈곡? 애뇌산?"

"예. 그게 어떻게 된 것이냐면……."

얼굴에 철판을 깔고 뻔뻔하게 거짓말을 고했다.

흔들림 하나 없는 목소리, 경련 하나 없는 표정, 정직하게 빛나는 눈동자는 숙련된 사기꾼 그 자체였다.

독혈곡에 방문한 적이 있으니 완전한 거짓말은 아니었다. 원래 진실이 섞여야 더 그럴싸한 법이다.

미개척지이니 그동안 누구도 발견하지 못했던 연유가 되고 입곡했던 목격자도 있었다.

점창칠공자, 단하성. 나중에 시간이 나면 그에 대해서도 조사해 보자고 마음먹었다.

참고로 소환단 네 알도 있지만, 굳이 말하지 않았다. 괜히 몇 알 먹었냐고 추궁할 것 같아서다.

네 알을 전부 먹고 싶은 마음은 굴뚝같지만 사부님께서 돌려주라 했으니 그럴 수 없었다.

"과연, 천독불침을 이용한 건가."

"알고 계신 겁니까?"

"소문은 나지 않았으나 목격자가 한둘이 아니니 조금만

조사해도 다 나오지."

제갈후가 별거 아니라는 듯 답했다.

"생각이 없을 거라고 생각했는데, 그 반대였군. 흠흠. 죽여 버리겠다는 말은 취소하마."

"아닙니다. 충분히 이해합니다. 그러니 화 좀 참고 사십시오. 그러다 돌아가십니다."

"아주 나보고 죽으라고 말하지 그러냐? 흥!"

제갈중호에게 천명이 있으나, 그래도 되도록 장수하여 제갈상이나 제갈수란을 가르쳐 줬으면 했다.

그 외에도 도움이 될 사람들이 많다면야 암천회에 대비하는 입장에서 환영이었다.

"좋아, 장로들은 내게 맡겨라. 어떻게든 해 보마."

"믿겠습니다."

"아, 그리고……."

"그리고?"

"크흠! 어흐흠!"

제갈중호가 일부러 헛기침을 하면서 뜸을 들였다. 무언가 눈치를 주었으나, 주서천은 시치미를 쳤다.

"고얀 놈."

제갈중호가 발을 동동 구르다가 결국 입을 열었다.

"승계, 내 멍청한 손주 놈은 잘 지내는고?"

"잘 지냅니다."

주서천이 곧장 답했다.

"제발 그놈에게 이제 좀 정신 차리고 기문진법이라도 공부하라고 전해라."

제갈중호는 무림맹 군사와 후계를 키우는 데 바빴다.

제갈승계에게 신경을 쓰고 싶어도 쓸 수가 없었다. 무엇보다 그 황소 힘줄보다 질긴 고집에 포기했었다.

"전할 말은 더 없으십니까?"

"없다!"

제갈중호가 볼일 다 봤다는 듯 등을 돌렸다.

"서천아."

대화가 끝나자 남궁위무가 불렀다.

"누가 서천입니까?"

"어허. 원래 검을 맞대면 친한 사이가 되는 것이야."

남궁위무가 짓궂게 웃었다.

"아, 그리고 물어볼 게 또 있단다."

'이십사수매화검법에 대해서인가?'

그 외에 짚이는 것이 없는 건 아니었지만 가능성이 낮았다.

"정말로 데릴사위로 들어올 생각 없는 게냐? 지금 들어와야 나한테 검도 좀 배우고 그런다."

남궁위무는 주서천이 탐났다.

매화정검이라는 별호는 아무것도 아니다. 강호에선 소문이 과장됐다는 둥 말하지만 그 반대였다.

무공은 두말할 것도 없고, 머리를 굴리는 데도 부족하지 않다. 성품 역시 더할 나위 없었다.

그야말로 최고의 일등 신랑감!

검을 맞대자마자 머릿속에서 손녀들 중 누구를 보내 미인계로 잡아 올까 고민까지 했다.

'다행히 이 녀석의 진가를 알아보는 사람이 아직 나밖에 없다. 누가 알아보기 전에 얼른 채 가야 해.'

친구인 제갈중호에게도 주서천의 무위를 비밀로 했다.

제갈중호가 눈 돌아가서 손녀딸을 전부 데려오는 등 온갖 지혜를 짜서 빼앗으려 들까 봐 두려웠기 때문이다.

"영감님, 저 도사입니다."

"도사가 원래 오라비가 되고 가가도 되는 거 아니냐."

"아닌데요."

주서천이 정색했다.

"네가 매화검수에 들어가지 않아서 정말 다행이다. 지금이라도 늦지 않았다. 괜히 재수 없게 중직에 앉기 전에 얼른 혼례부터 올리자. 약혼이라도 상관없다."

중과 달리 도사에는 혼례의 자유가 있다. 다만 중직이거나 예정된 후보라면 불가능했다.

"무한보가 변검에 상성이 좋다는 거 알고 있지? 지금 받아들이면 내 월권으로 창궁무애검법까지 가르쳐 주마. 어때? 솔직히 끌리지?"

적통에게만 허락되는 창궁무애검법이 팔리려 한다.

"아, 혹시 연상이 취향이냐? 생각해 보니 네 나이가 그렇게 많은 것도 아니니까 세가 사람 중에서……."

"아, 쫌!"

*　　　*　　　*

남궁위무와 제갈중호는 장로들을 설득하기로 했다. 전부 거짓으로 할 수는 없어 약간의 진실을 섞었다.

물론 이마저도 새어 나가지 않도록 조심하고 또 조심했다.

무림맹주와 군사가 수뇌부를 설득할 동안, 주서천은 무림맹에서 머물다가 두 장의 서신을 받았다.

발신지는 둘 다 화산파였다.

"수선행을 중지하고 귀환할 것……."

서신에는 화산파의 이름을 드높인 것에 대한 칭찬이 있었지만, 사정을 자세히 듣고 싶다고 적혀 있었다.

다른 서신은 유정목에게서 온 것이었는데, 주서천의 안부를 묻는 것과 큰일이 나서 귀환하라는 것이 아니니 걱정하지 말라는 글이었다.

"훌쩍."

이렇게 배려해 주시고 걱정해 주니 감동이었다.

"슬슬 그 미친 여자와 헤어질 때도 됐군."

당혜와의 상의를 위해서 당가의 객실을 찾았다.

"아가씨께서는 여기에 안 계신다."

원대식이 어색한 어조로 답했다.

"예전이었더라면 어떤 목적이냐면서 집요하게 물었을 텐데, 내가 무공 좀 한가락 하니 태도가 바뀌는구나. 그 소인배적인 태도에 자괴감 안 드니?"

"네 이놈!"

그래도 무림맹이란 걸 아는지 목소리를 낮춰 화냈다.

"괜히 소란을 일으켰다간 아가씨가 찾아와서 네놈들이 먹는 밥에 독을 타겠지."

"……."

원대식이 침묵했다.

"정말……?"

농담 삼아 던졌는데 진실이었던 모양새였다.

"아, 아니다! 아가씨는 그런 분이 아니시다!"

"목소리가 떨리는군. 어쩐지 너희가 나랑 말싸움한 이후로는 변소에 자주 가더니만⋯⋯."

알고 싶지 않은 진실을 알게 됐다.

당혜의 호위 무사들은 하나같이 수준급의 독공을 지녔는데, 혹시 독봉의 정기적인 독 탓이 아닐까 싶었다.

"어쨌거나, 여기 없으면 어디 갔는데?"

"음."

원대식이 입을 다물었다. 그 외의 호위 무사들도 비슷한 반응이었다.

'뭐지?'

그러고 보니 무림맹에 온 이후로 당혜가 이상할 정도로 조용했다. 갑자기 궁금증이 솟았다.

"어차피 다른 사람들에게 물어보면 어디에 있는지 금방 나온다."

"⋯⋯끄응. 소가주님을 뵈러 갔다."

"소가주라면⋯⋯."

생각지도 못한 이름에 눈이 커졌다.

"독룡(毒龍)이 무림맹에 있었어?"

사천당가는 한 세대에 용과 봉을 동시에 배출했다.

흔히 있는 일은 아니지만, 아예 없는 건 아니었다.

'독룡⋯⋯.'

소가주인 독룡에 대해서는 잘 모른다.

전생의 기억에 따르면 평범하게 활동하다가 독왕이 사망하여 가주직을 승계한 정도였다.

현생에서도 독룡은 활동이 적다 보니 자연스레 주목을 받지 않았다. 독공이 고강하다는 정도만 알았다.

"지금은 만나러 가지 않는 게 좋을 거다."

원대식이 경고하듯이 말했다. 웃음기 하나 없었다.

'흠.'

괜히 찾아가서 안 좋은 기분 건드리고 싶지는 않았지만, 그래도 호기심이 동했다.

'조금만 보고 올까.'

본래의 역사에서 당가의 남매에 대한 특이한 일화는 없었지만, 그래도 이런 반응이니 신경 쓰였다.

"대답해 줘서 고맙다."

바깥으로 나와 당혜를 담당한 하녀를 찾아 물었다.

"당 소저가 어디로 향했는지 보았니?"

"네, 네!"

하녀가 얼굴을 살짝 붉히면서 답해 줬다.

주서천이 감사 인사를 하고 떠나자, 주변에 있던 하녀들이 몰려와 부럽다면서 떠들어 댔다.

"방금 전 공자님이 매화정검 대협이시지?"

"얘, 넌 좋겠다!"

한때 봉추라며 폄하하던 주서천은 없었다.

대신에 칠검전쟁을 정리한, 무림의 안위를 위해 혈근경을 소각한 매화정검 주서천이 있었다.

출신 또한 명문지파인 데다가 외모 또한 환골탈태 이후 상당히 준수해졌으니 당연히 인기도 따랐다.

여하튼, 주변인들의 목격담을 따라 당혜가 있는 곳으로 향했다. 워낙 유명하다 보니 목격자가 많았다.

다만 가면 갈수록 인기척이 사라지면서 사람들도 점차 안 보이게 됐다.

일각 정도 걷자 창문이 달려 있지 않고 을씨년스러운 분위기의 장원이 멀리 보였다.

"과연, 독원(毒院)인가."

안내판을 읽어 보니 왜 사람들이 없는지 이해됐다.

독원에서는 독을 연구하거나 해독약을 만든다. 그 외에도 독사(毒死)한 시체를 부검하기도 했다.

그렇다 보니 주변에 독기가 흘러나올 수도 있으니 함부로 접근할 수가 없었다.

"……."

앞으로 걸으려다가 멈췄다.

'뭐하는 거지?'

문 앞에 서서 정문을 바라보는 당혜가 보였다.

볼일이 있다면 들어가면 될 것을, 이상하게도 앞에 서서 석상처럼 미동도 하지 않고 서 있었다.

"음."

다가가서 뭐하냐고 말을 걸어볼까 싶었지만, 관뒀다. 멀리서 보는데도 뒷모습의 분위기가 좋지 않았다.

무슨 생각을 하고 있는 걸까. 어떠한 이유로 말없이 혼자 이곳에 와서 저러고 있는 것일까.

여러 의문이 꼬리를 물고 늘어났지만, 시원스러운 답변은 끝내 나오지 않았다.

'아니, 돌아가도록 하자.'

괜히 무리해 관계가 틀어질지도 모르니, 나중을 기약하면서 돌아가기로 했다.

남궁위무와 제갈중호가 힘을 쓴 덕분에 장로들을 설득할 수 있었다.

완전한 설득에는 성공하지 못했지만, 다들 탐탁지 않아 하면서 불문에 부치기로 했다.

제일 크게 반발했었던 제갈중호가 갑자기 주서천 편을 들어 준 게 의문이었으나 나중에 듣기로 했다.

남궁위무는 주서천을 맹에 묶어 두어 어떻게든 회유하려
했다. 손녀딸과 엮어 보려는 건 진심이었다.

　그러나 주서천이 화산파에서 보내온 서신을 내밀면서 귀
환해야 한다 하자, 입맛을 다시면서 아쉬워했다.

　"그럼 나도 이만 돌아가 볼게."

　당혜도 사천으로 돌아가기로 했다. 마침 당가에서도 칠
검전쟁의 사정에 대해서는 궁금한 모양이었다.

　"그거 잊지 말고."

　주서천이 당혜의 손가락을 가리켰다. 기사분반이 햇빛에
반사되어 반짝였다.

　"그래."

第七章
화산휴게(華山休憩)

섬서, 화산파.

칼날처럼 예리한 바람이 분다.

얼마 전까지 주룩주룩 내리던 비가 눈이 됐다. 눈부실 정
도로 새하얀 눈이 바닥에 수북이 쌓였다.

그리운 땅을 밟자, 매화나무가 먼저 반겼다. 나뭇가지를
따라서 보니 설중매(雪中梅)가 피었다.

계절이 시작할 무렵 나가, 끝날 무렵에 되돌아왔다.

"사형!"

머리를 들어 보니 반가운 얼굴이 보였다. 서악의 화산의
경치조차도 화산제일미 앞에선 수그러들었다.

'윽, 눈부실 정도로 예쁘다.'

당혜도 당혜지만 역시 낙소월이었다.

그동안 안 봐서 그런 건지, 아니면 안 본 사이에 더 예뻐진 것인지는 모르겠으나 가슴이 두근거렸다.

'그에 비하면 내 얼굴은 영 아니군.'

나름 준수한 편이지만 정작 장본인은 그리 생각 안 한다. 제갈 형제처럼 미남이 있어 비교된 탓이었다.

'괜찮아. 나에겐 무공과 인맥이 있다.'

괜히 능력을 세우며 자위하는 주서천이었다.

"오랜만이다."

"약속, 지키지 못했네요. 후후."

낙소월이 뭐가 그리 기분 좋은지 웃었다.

"아."

겨울이 지나 다시 봄이 오면 낙소월도 수선행을 떠난다. 내년에 곧장 사형을 찾아가려 했다.

그런데 그 전에 주서천이 되돌아왔다.

'사람 일 참 모르는 거지.'

원래의 역사에 따르면 낙소월은 칠검전쟁 이후 정사대전이 벌어져 수선행에 나가지 못한다.

떠날 당시에 낙소월에게 그런 일은 아마 없을지도 모른다면서 유감을 표했지만, 섣부른 판단이었다.

"미안해."

"뭐가요?"

"아니, 왠지 모르게 약속을 못 지킨 것 같아서?"

"후후. 뭐예요, 그게."

주서천의 뜬구름 잡는 소리에 낙소월이 웃었다.

화산파에 눌러앉을까 진지하게 고민될 정도의 예쁨이다. 도대체 어떻게 저리 예쁠 수 있나 싶었다.

"혹시 사부님 어디 계신지 알고 있니?"

하나 그 미모도 스승의 안위보단 순위가 낮았다.

"네, 그럼요."

낙소월은 예상했다는 듯이 웃었다.

문을 여니 언제나의 풍경이 들어왔다.

과거의 기억과 현재의 기억이 교차했다.

봄이건 여름이건 언제나 찬 공기였다. 사람 흔적 하나 없고, 침상을 빼곤 먼지가 눈처럼 쌓여 있었다.

화산 밖으로 강호 출두했다가 오면 반겨 주는 건 아무도 없었다. 그저 침상에 누워 잠을 청하기만 했다.

그러나 지금은 다르다. 과거와는 확실히 달랐다.

눈처럼 쌓였던 먼지 대신 깔끔하게 정리된 물품들이 놓였고, 얼음장 같았던 지면은 따스하기만 했다.

"사부님, 그간 강녕하셨습니까."

주서천은 그 누구보다 존경하고 사랑하는 스승에게 하나하나 진심을 담아서 구배지례를 올렸다.

"나야 잘 지냈단다. 그보다 오느라 피곤했을 텐데 그리 열심히 절을 할 필요는 없다."

"아닙니다. 일 년 만에 뵙는 사부님의 존안 앞이거늘 어찌하여 대충 하겠습니까. 아무리 이 제자가 불초하여도, 그렇게까지 썩지는 않았습니다."

평소 그에 대해 알고 있는 사람들이 본다면 두 눈을 의심할 정도로의 광경이었다.

실제로 주서천은 유정목 외에 다른 사람들에게 이렇게까지 극진한 태도를 보인 적이 없었다.

심지어 무림맹주에게도 이렇게까지 대하지는 않았다.

"그렇게 예의를 차리면 이 못난 스승이 더 불편해지니, 부디 봐주지 않겠느냐."

유정목이 못 말리겠다는 듯이 쓴웃음을 지었다.

"알겠습니다."

그제야 잔뜩 힘이 들어간 어깨가 살짝 풀어졌다.

"네 활약은 나도 들었단다. 내 그게 자랑스러워 주변에 가슴 좀 펴고 다녔지."

유정목이 제자를 자랑스럽게 쳐다보며 흡족한 웃음을 보

였다. 그 웃음을 보자마자 가슴이 벅차올랐다.

칠검전쟁에서 모습을 숨기지 않고 활약한 것이 다행이었다고 생각됐다.

"화산의 다른 제자들에게도 너의 활약상이 알려지긴 했으나, 그래도 조금 세세하게 듣고 싶구나. 방금 온 너에겐 미안한 말이지만 혹시 들려줄 수 있느냐?"

유정목이 미안한 듯이 조심스레 물었다.

제자에게 이렇게까지 대할 필요는 없을 텐데, 하나하나 신경 써 주는 그 상냥함과 배려심이 좋았다.

괜히 울컥해서 눈물이 나오려던 주서천은 유정목을 걱정시키고 싶지 않아 속으로 삼켰다.

"예, 사부님!"

주서천은 유정목에게 그동안 있었던 일에 대해서 설명했다.

쓸데없는 부분을 배제하고 요점만 꼽았다.

"천독지체였다고?"

"예, 그렇습니다."

"곁에 있었는데도 그걸 이제까지 몰랐다니……."

"아무래도 여기에선 중독될 일이 별로 없지 않습니까."

독혈곡을 다녀왔다는 대목에선 대단히 걱정했으나, 중독은커녕 상처 하나 없었다 하니 안도했다.

서장에 나가 라마승을 만난 건 말하지 않았는데, 새외까지 나갔다며 괜한 걱정을 끼치고 싶지 않았다.

말하지 않아 양심이 조금 찔리긴 했지만 따지고 보면 거짓말을 한 건 아니니 그래도 덜 찔렸다.

폭섬도문이나 묘가검문의 일도 말하지 않았다. 숨겨야 할 만한 것은 숨기고 그 외에는 전부 말했다.

"정말로 대단하고, 그런 네가 장하구나. 고생했다."

유정목이 주서천의 머리를 부드럽게 쓰다듬었다.

이제는 어린아이가 아닌데도 그 손길은 여전했다.

주서천은 아무런 불만 없이 손길을 받아들였다. 이 따스한 손길을 평생 동안 그리워했었기에.

설사 중년의 나이가 된다 할지라도 이 손길을 거부하지 않고 언제나 받아들일 생각이었다.

"그러고 보니 고작 일 년 사이에 많이도 성장했구나."

유정목이 환골탈태 전의 모습을 떠올리면서 신기해했다.

"성장기입니다, 사부님."

주서천의 입가에 미소가 맺혔다.

*   *   *

강호에서는 주서천을 초절정 고수로 알고 있다.

그러나 몇몇은 그의 진정한 무위를 눈치챘다.

무곡이 그 첫 번째였고, 두 번째는 남궁위무였다.

그리고 세 번째는 화산의 장문인, 검선이었다.

"허어……."

우일문은 입을 다물지 못했다.

"무슨 일이오, 장문인?"

화산오장로, 지검옹 학송이 의아한 듯 물었다.

"강호에서 들은 것과 이놈이 해 준 이야기에 뭔가 차이라도 있는 거요?"

단약사, 영진도 고개를 갸웃거리며 물었다.

그 외에도 철혈매검 심옥련, 명수악 조무양, 매화검장 위지결 등 장로 모두도 의아한 시선이었다.

칠검전쟁은 얼마 전까지만 해도 최대 관심사였다.

당연히 화산파도 주시하고 있었다. 세간의 소문 외에도 따로 조사해 전황에 대해 실시간으로 들었다.

하지만 제일 신뢰할 수 있는 정보처가 있어 그 이상의 정보를 세세하게 알아볼 필요는 없었다.

그래서 수선행에 나가 있던 주서천을 불러들여 물었다.

화산파도 처음에는 그의 활약을 들었을 때 몹시 놀랐다.

"아니, 그 아이가 그리 강했단 말인가?"

천하백대고수의 이름은 결코 가볍지 않다. 괜히 시선이

바뀌고, 별호가 새로 붙은 게 아니다.

특히나 산화일장은 사도천주가 신뢰하는 고수였다.

물론 지쳐 있었다는 전제가 붙긴 하지만, 그걸 감안해도 충분히 대단하다.

"매화검수로 삼아야 합니다."

수련이나 임무 외에 관심 없던 위지결조차 주서천에게 상당한 관심을 보였다.

화산으로 부른 것에는 매화검수로 삼기 위해서이기도 했다. 주서천은 이미 충분한 자격을 갖췄다.

강호에 나가 사고를 내지도 않았고, 반대로 사람들을 도와주지 않았는가. 무공, 성품 등 전부 문제없다.

"십사수매화검법을 대성했다더군."

"어떻게 일 년 동안 이렇게 성장할 수 있었나."

"그렇게 성장하는 건 불가능해. 어쩌면 그동안 감췄거나 굳이 드러내지 않았던 건가."

이대제자나 삼대제자들이 입을 모아 극찬했다.

강호 특유의 과장되는 소문을 감안해서라도 그 재능이나 무공을 인정 안 할 수가 없었다.

중요한 건 아직 약관도 되지 않았다는 것. 중년이 되면 능히 상천십좌에 오를지도 모른다.

"아니오. 아직 어린데도 무공이 고강해 내 감탄했을 뿐이외다."

"아아."

그러자 장로들이 수긍 가는 듯 고개를 끄덕였다.

상궁회의는 일단 주서천을 돌려보내고 계속됐다.

보고를 받았으니 전황에 대해서 논의를 할 차례였다.

며칠 뒤, 회의가 끝나고 다시 부름을 받았다. 이번에도 상궁으로 향했다.

다만 얼마 전에 보고했을 때와 달리 장로들은 없었고, 장문인만 홀로 앉아 기다리고 있었다.

"장문인을 뵙습니다."

"내 널 추궁하려고 부른 것은 아니니, 그렇게 굳어 있을 필요는 없단다."

우일문은 주서천이 긴장하지 않도록 최대한 부드럽게 말했다.

"네가 아이였을 적부터 범상치는 않았지만, 설마하니 이 정도일 줄은 몰랐구나. 살면서 무림 최고의 기재나 천재를 보았지만, 너 같은 아이는 처음이다."

놀라움 반, 신기하다는 시선 반이었다.

"약관도 되지 않아 화경에 오르다니, 얼마 전에 널 보았을 때는 입이 떡 벌어져 닫히지가 않더구나."

'휴우!'

속으로 안도의 한숨이 절로 나왔다.

경지를 눈치챌 것이라는 것은 알고 있었다. 정말로 걱정했던 건 자하신공을 안 건 아닐까 해서다.

하지만 자하신공의 은신이라고 해야 할까, 각성 전 드러나지 않는 능력이 생각보다 뛰어났다.

자하신공을 연공한 장문인의 눈조차 가려 줬다.

"화경에는 언제 오른 게냐?"

"반년 전, 수선행을 하던 도중 운이 좋아 깨달음을 얻어 오를 수 있었습니다."

"정말로 천운이로구나. 그런 운은 평생에 한 번 있을까 한데……."

영약 복용하고 대충 감 재다가 올랐다.

"어떠한 도를 깨달았느냐?"

주서천이 흠칫 떨다가 고민했다.

'영약 먹고 그냥 올랐는데.'

입이 찢어져도 솔직히 답할 수가 없으니, 전생의 기억을 더듬으면서 대충 그럴싸하게 답했다.

"삶과 죽음에서 그리움을 느꼈고, 전부 놓칠 때 떨어지는 매화 사이에서 검을 보았습니다."

"그래. 화산에는 매화가 있고, 검이 있지. 어떤 상황에서

든 검과 매화. 이 둘만큼은 잊지 말거라."

우일문이 흡족하게 웃으면서 의미심장하게 말했다.

주서천은 그 말을 머릿속에 담아 뒀다.

상천십좌의 가르침은 천금을 주고도 얻지 못한다.

"합비에 다녀왔으니 무림맹주님께서도 눈치채셨겠군."

"그렇습니다."

"널 데려가겠다고 이상한 말은 안 하셨고?"

"손녀를 소개시켜 준다는 둥 온갖 말을 했습니다. 주서천 말고 남궁서천은 어떠냐고 물으시더군요."

"허허허!"

우일문이 예상했다는 듯이 너털웃음을 흘렸다.

"어림도 없는 소리. 화산의 장문인이 될 자가 어찌 혼례를 올릴 수 있겠는가?"

"예?"

주서천이 순간 귀를 의심했다.

"제 사부님은 한 분뿐입니다."

"장문인이란 자리가 꼭 장문인의 적전제자만 되는 건 아니다."

주서천도 알고 있는 사실이었다.

흔하지 않긴 하지만 선례가 있긴 했다.

"정말로 가끔씩 너처럼 천재성을 뒤늦게 발휘하는 아이

가 있지. 만약 장문인 후보로 인정될 정도면 스승이 있음에
도 예외로 자하신공을 전수받는단다.”

이 후보로 인정될 경우, 차기 장문인으로 확정된다.

그러면 자하신공의 ‘장문인 혹은 차기 장문인’이라는 조
건도 채우게 되니 문제 될 건 없었다.

“장문인께서 절 그리 높이 평가해 주시는 건 감사하오
나, 거절하도록 하겠습니다.”

일말의 망설임도 없이 거절했다.

“조금 정도는 고민할 수 있지 않느냐?”

“솔직히 말하자면 욕심이 없는 건 아니지만, 그래도 저
는 제 주제는 잘 파악하고 있습니다.”

장문인. 그것도 구파일방의 화산파다.

욕심이 나지 않는다면 거짓말이다. 누구라도 한 번쯤은
꿈꿔 본 자리다.

그러나 당연하다시피 그 자리에 앉을 수 있는 건 극소수
이고, 자신은 그곳에 포함되어 있지 않았다.

‘나 같은 건 장문인이 될 수 있는 그릇이 아니다.’

남들보다 우수해 보이는 건 두 번째 삶이라는 반칙이 있
어서 그렇지, 그걸 제외하면 아무것도 없다.

전생에서 화산오장로에 오른 것도 인재가 없어 어부지리
로 오른 것이지 능력이 있어서가 아니었다.

회귀한 이후 그 사실을 잊지 않도록 몇 번이나 되새겼다. 결코 잘난 것이 아니라는 것을 명심했다.

남들보다 유리한 위치에 시작했다고 해도, 그곳에서 자만했다간 곧장 뒤처지고 쓰러진다.

이 사실을 조심하고 또 조심해야 했다.

'무엇보다 힘들다고!'

책임이라는 그 중압감. 그리고 자유가 한정되는 게 싫었다. 자유롭게, 원하는 대로 살고 싶었다.

"그리고 저보다 더 적합한 사람이 있다고 생각합니다."

"끙! 꿈이 없는 건지, 아니면 욕심이 적은 건지……."

우일문이 아쉬운 듯이 한숨을 내쉬었다. 눈길에 미련이 남았으나 주서천이 워낙 확고해 포기했다.

"따라오거라. 그래도 화산의 홍복이 나왔으니, 가만둘 수 있겠느냐. 기분이 좋으니 검을 알려 주마."

"오기 전에 맹주님에게도 괴롭힘당했습니다. 봐주십시오."

"이십사수를 가르쳐 주는 것뿐이니 걱정 말거라. 십사수만으로 용케 화경까지 갔구나."

실은 전부 대성했지만 비밀로 했다.

'좋았어!'

이제 합법(?)적으로 이십사수매화검법을 펼칠 수 있다.

대충 연기하면서 배울 생각이었다.

* * *

이후 우일문은 시간이 날 때마다 이십사수매화검법을 가르쳐 줬다.

처음에 연기만 하려던 주서천도 우일문이 진지하게 가르쳐 주자, 하나하나 참조하며 받아들였다.

아무리 검법을 전부 대성했다고 해도, 상천십좌가 가르치는 검에는 차이가 있는 법이다.

참고로 가르침을 받는 건 비밀로 하지 않았다.

곧장 소문이 났지만, 공을 세워 사문의 이름을 높여 받는 것이라고 제대로 설명했다.

장문인이 마음에 드는 제자들에게 검을 가르쳐 주는 건 가끔 있었던 일이라 이상한 추측은 없었다.

그리고 약 보름 뒤.

"수선행의 중단이라 하셨습니까?"

"그래."

영진이 몸 이곳저곳을 누르면서 답했다.

화산파에 온 이후로 영진이 천독지체 좀 구경해 보자면서 억지로 끌고 와 이렇게 진맥을 보곤 했다.

"혈근경을 소각한 너에게 원한 가진 놈들이 한두 놈이 아닐 게다."

실제로 화산 바깥에서 자기 것을 멋대로 소각했다는 정신 나간 마두들이 제법 있었다.

"그리고 비록 하루 만에 끝나긴 했지만 평화를 깨뜨린 전쟁이 있지 않았느냐. 그게 시발점이 되어 그동안 통제된 것이 조금씩 무너지고 있다고 하더구나."

뭐든지 한 번은 어렵지만, 두 번은 쉬운 법이다.

정도와 사도와 마도

셋이 유지하던 균형이 처음으로 무너졌다.

'그래. 암천회가 이걸 그대로 내버려 둘 리 없지.'

암천회는 실패했다고 절망하지 않고 바로 그다음의 차선책을 준비한다.

아마 지금쯤 정보원들을 끊임없이 움직이면서 서로 싸우도록 불을 붙이고 있을 것이 틀림없었다.

"너뿐만 아니라 강호에 나가 있는 제자들도 돌아오고 있을 게다. 바깥이 보통 시끄러운 게 아니니까."

"그럼 향후 어떻게 되는 겁니까?"

"아직 회의가 전부 끝난 건 아니지만, 아마 반년에서 약일 년 정도 수련하는 것으로 결론이 나올 게다. 영원히 안나올 수도 없는 노릇이지 않느냐."

"과연."

불행 중 다행이었다. 답답한 건 둘째 치고 암천회를 상대하려면 아직 할 게 남았다.

반년에서 일 년 정도의 시간이라면 참을 수 있다.

그 이상이 되면 어떻게든 나가겠지만, 그 전까진 화산에 있어도 준비할 수 있는 게 있었다.

그리고 장문인, 검선의 가르침도 있지 않은가. 그렇게까지 나쁜 것만은 아니었다.

"그것보다……."

영진의 눈이 가늘어졌다.

"너, 강호에 나간 사이에 또 영약을 처먹었지?"

"들켰습니까?"

"내가 네 사부보다 진맥을 더 많이 잡아 봤다. 내공이 늘어났을 뿐만 아니라 기맥에도 변화가 있는 걸 보니 영약으로 내공만 늘린 게 아니로군."

"예리하십니다."

"내 별호가 단약사다. 치사하게 혼자만 먹냐? 이 늙은이 것도 좀 남기고 그래라 좀!"

"운이 좀 좋아서 몇 개 주워 먹었을 뿐입니다. 그리고 영약이 어디 쉽게 구할 수 있는 겁니까?"

"끙. 정론이로군."

"아, 나도 영약 좀 쉽게 구하고 싶네!"

주서천은 뻔뻔했다.

* * *

매화나무 아래에 대자로 뻗어 눈을 감았다.

지금 만큼은 어떠한 생각도 들지 않는다. 미래에 대한 걱정도, 과거로부터의 기억의 정리도 없었다.

머리를 스치고 지나가는 바람에는 한기가 가득하지만, 한서불침인 덕에 어떠한 추위도 느끼지 않았다.

중천에 뜬 태양 빛이 내리쬐며 포근한 감각을 떠올리게 해 주고 졸음을 끌어와 몸을 감싸 안았다.

끊임없이 들려오던 검을 휘두르는 소리는 물론이고 사람들의 속삭임조차 들려오지 않았다.

아무것도 생각하지 않는 순간과 주변의 고요를 느끼면서 휴식을 취했다.

"사형."

이제 막 낮잠이 들려는 사이에 방해꾼이 나타났다.

오른쪽 눈만 살짝 뜨니 낯익은 얼굴이 보인다.

낙소월이 손에 쥔 서신을 머리 위로 떨어뜨린다.

서신이 낙엽처럼 춤을 추며 내려와 시야를 가렸다.

"이 사형에게 불만이라도 있는 거니?"

"요즘 따라 게을러지신 건 아닌가요?"

"내 여태껏 누구보다 성실하고 부지런했다고 자부할 수 있단다. 가끔씩 이렇게 쉴 때도 있는 거야."

하체는 내버려 두고 상체만 일으켜서 손에 아무렇게나 잡히는 서신을 확인해 봤다.

반이 금의상단이었고 반은 무림맹이었다.

'검마 부녀는 무사히 정착했나.'

무곡이 보낸 서신에 의하면 산동에 도착하자마자 이의채가 성대하게 반겨 준 모양이었다.

성대한 장원은 물론이고 호위 무사, 그 외에도 무선화의 건강을 위해서 소문난 의원도 붙여 줬다.

여러 가지 전부 최고의 대우를 받았기에 이렇게 신경 써 줘서 감사하다는 인사가 적혀 있었다. 도울 일이 있다면 언제든지 말만 해 달라는 말도 덧붙여 있었다.

'그리고…… 생각대로 관부에서 접근했군.'

병부에서 다발화전에 관심을 보여, 사람까지 보내 완성품 하나를 가져간 모양. 대충 예상은 했다.

북방에서 정기적으로 호시탐탐 중원을 노리는 몽고와의 싸움에서 사용할 모양이었다.

관부가 다발화전으로 무림맹을 공격할 것도 아니니 굳이

심기를 거스르면서까지 거부할 필요는 없었다.

제작자인 제갈승계야 반대로 자신이 만든 걸 남이 인정해 주고 필요하다는 것에 환영하는 바였다.

이름만 남겨 준다면 상관없다면서 넘겼다 한다.

또한 그 외에도 일군에서부터 삼군 등 금의검문이 전력을 증강하는 데도 꾸준히 신경 쓰고 있다고 한다.

'그리고 무림맹에선…….'

금의상단 것은 대충 예상이 갔으나 무림맹은 아니었다. 어떤 내용이 있을지 궁금했다.

　　내 손녀라서 그런 게 아니고 진짜 괜찮은 아이…….

"이 영감님 진짜 주책이야."

무림맹이 아니라 무림맹주에게서 왔다.

"뭔데 그렇게 질린 표정이신가요?"

"별건 아니고 맞선. 남궁세가의 친척이란 친척은 전부 소개시켜 줄 생각인가 봐."

주서천이 고개를 좌우로 절레절레 흔들었다.

"……."

맞선이라는 말에 낙소월이 몸을 움찔 떨었다. 방금 전까지 밝던 얼굴도 조금은 어두워졌다.

아무 생각 없이 중얼거렸던 주서천이 낙소월의 반응을 보고 걱정하는 표정을 지었다.

"헉, 설마하니 날 빼앗길까 봐 불안한 건가?"

'표정이 안 좋아 보이는데 무슨 일 있어?'

정적.

'아차!'

겉과 속을 반대로 말했다.

잠시 정적이 이어지다, 낙소월이 뒤늦게 반응했다.

"그, 그런 거 아니거든요!"

낙소월이 얼굴은 물론이고 목덜미와 귀까지 벌게지면서 말까지 더듬었다.

열기가 확 오른 것을 느꼈는지 소맷자락을 이용해 얼굴을 필사적으로 가리려는 모습이 귀여웠다.

"진심으로 충고하는데 그런 모습 보이지 마라. 남자들은 물론이고 여자들까지 그거 보면 골로 간다."

"이상한 소리 하지 말아 주세요."

낙소월이 더운지 손부채질을 했다. 얼굴은 여전히 붉었는데, 보여 주고 싶지 않은지 옆으로 돌렸다.

두근두근.

고수와 부딪치기 전엔 잘 움직이지 않던 심장이 흥분한

듯 거세게 뛰기 시작했다. 싫지 않은 감각이다.

격분하는 감정의 소용돌이에 도가 심법이 반응해 평정심을 유지하려 했으나 그러고 싶지 않았다.

이게 어떤 것인지는 안다. 그러나 익숙하지 않아 뭐라 형용할 수가 없었다.

무엇보다 이전에 느꼈을 때의 기억은 너무나 오래됐다. 머릿속은 안개가 낀 것처럼 희뿌옇다.

몇십 년도 더 된 기억. 그때는 어떻게 끝났을까.

자세히 기억나지는 않지만, 적어도 원하는 바를 이루지는 못했다. 따스함 대신 쓸쓸함만 남았었다.

만약 좋은 방향으로 끝났다면 전생에서 죽음을 맞이하기 전에 얼굴을 떠올렸을 테니까.

그것은 정말 사랑이었을까. 아니면 사랑이라 착각되는 호의였을까. 정확한 답은 잘 모른다.

"사, 사형…… 그렇게 쳐다보시면…… 저는……."

"비무를 하고 싶어지지."

"그래요. 비무를…… 응?"

주서천과 낙소월이 눈을 껌뻑이다 옆을 돌아봤다.

"꺄아아아악!"

그곳에는 심옥련이 서 있었다.

"난 귀신이 아니다. 주서천."

심옥련이 이맛살을 찌푸리면서 주서천을 노려봤다.

"사형, 진정하세요. 저희 사조님이에요."

낙소월이 진정하라는 듯이 등을 쓰다듬어 줬다.

"죄, 죄송합니다. 장로님. 무례를 저질렀습니다."

주서천이 정신 차리면서 얼른 사죄를 올렸다.

"상궁에서는 얼굴만 잠깐 보았으니, 이렇게 사적인 자리에서 만나는 건 오랜만인가."

'사적인 자리니 널 죽여 버리겠다는 뜻인가?'

주서천이 나름대로 속뜻을 풀이해 봤다.

"내 널 잡아먹을 일은 없으니 그리 눈치 볼 것 없다."

심옥련이 표정 변화 없이 무심한 목소리로 말했다.

"하오면, 무슨 일로……?"

"너도 알다시피 아가가 보통 재능이 아닌 것은 알고 있지 않느냐."

심옥련이 낯빛 하나 바꾸지 않고 자랑을 시작했다.

"사, 사조님!"

낙소월이 부끄러운 듯 어쩔 줄 몰라 했다. 방금 전에 겨우 가라앉았던 안색이 다시 붉어졌다.

뺨 위로 홍조가 떠오른 게 돋보였다.

"매화검수 후보들과 검을 맞대도 대부분이 백 초를 넘지 못하고 나가떨어지더구나."

"사매가 좀 많이 강합니다."

낙소월은 자신처럼 가짜가 아닌 진짜배기 천재다.

재능도 재능이지만 노력까지 하는 괴물이었다.

"동년배 중에선 아가를 이기기는커녕, 검조차 제대로 맞 댈 상대가 없다."

"하오면……."

"네가 화산에 있는 동안 아가를 상대해 주었으면 하는구 나."

"저야 상관없습니다만, 저로 괜찮겠습니까?"

"……."

심옥련이 입을 다물었다.

곁에 있던 낙소월은 어이없다는 표정을 지었다.

"내 눈은 옹이구멍이 아니야."

'화경인 거 못 알아보면 옹이구멍 아닌가?'

반박하려다가 참았다.

"그럼 받아들여 준 것으로 알고 있으마."

"저만 믿어 주십시오."

좋으면 좋았지 싫지는 않았다.

'음, 이렇게 된 거 상대도 좀 하면서 검 좀 가르쳐 줘야 겠네.'

화산파에 있는 동안 심심하지는 않을 것 같았다.

第八章
신행백변(神行百變)

　"사부님, 괜찮으시다면 가르침을 주시겠습니까."

　"서천이가 이 못난 스승을 부끄럽게 하는구나. 이미 네가 나보다 고수인데 무얼 가르치겠느냐."

　유정목이 쓴웃음을 흘렸다.

　"무엇보다 화산 제일의 고수인 장문인께 가르침을 받고 있는데……."

　"장문인께서 화산제일고수라면 저에게 사부님은 천하제일고수입니다. 장문인의 가르침 탓에 사부님께 가르침을 못 받는 것이라면 당장 더 이상 검을 배우지 않겠다고 말하고 오겠습니다."

"녀석. 강호에 다녀온 이후로 아첨이라도 배워 온 건 지…… 능숙하구나, 능숙해."

말은 그렇게 해도 제자의 말에 웃는 스승이었다.

유정목이 밖으로 먼저 나갔고, 주서천이 그 뒤를 따랐다. 도착한 곳은 추억이 깃든 장소였다.

"자, 이번에는 함께해 보자. 어떤 게 조건인지는 알고 있겠지?"

"물론입니다."

내공을 쓰지 않고 암벽을 오른다. 기억 못 할 리 없었다. 어릴 적 그렇게 고생했던 수련이었다.

과거와 다른 점이 있다면 더 이상 힘들어하지 않는다는 것이고, 오르는 속도 또한 몰라보도록 빨라졌다.

무엇보다 이제는 혼자 오르는 게 아니었다.

제자는 스승과 암벽을 등반하면서 대화를 나눴다.

"저 위에서 널 내려다보던 게 엊그제 같은데, 벌써 이렇게 성장하다니…… 정말로 장하다."

유정목이 감격에 겨운 듯 눈을 글썽였다.

눈물로 앞이 보이지 않았지만 상관없었다. 마치 걷는 것처럼 자연스럽게 암벽을 등반했다.

"이게 다 사부님 덕입니다."

스승을 따르되, 거리를 두었다.

혹시 그림자라도 밟으면 어쩌나 싶어서였다.

스스슥!

흡사 향랑자(香娘子: 바퀴벌레)를 연상시키는 움직임!

유정목 성격상 별로 신경 쓰지 않는 부분이지만, 주서천 입장에선 용납되지 않는 일이었다.

"따지고 보면 강호 초출이나 다를 것 없을 텐데, 일 년도 되지 않아 천하백대고수에게서 승리하고, 독봉이라는 최고의 후기지수와 동행하다니, 이룬 것이 정말 많구나."

"그렇게까지 칭찬해 주시니, 감사할 따름입니다."

"내 젊었을 적⋯⋯ 아니, 아마 그 누구도 네 나이에 그런 경험을 해 본 사람은 없을 거야. 장담하마."

"사부님⋯⋯!"

그 누가 칭찬해 주는 것보다 감격스러웠다.

무심코 눈물이 쏟아질 것 같아 손으로 가렸다.

한 손만으로도 오를 수 있는 암반 등반!

'그래. 이런 행복을 위해서야.'

어릴 적에 수령신과를 구해 오는 것부터 시작해서 암천회를 방해하려 전쟁에 나가 온갖 노력을 해 왔다.

그러나 그 노력은 결코 무의미한 게 아니었다.

지금 이 순간의 평화를 위해서 힘써 왔다.

비록 바보같이 느낄지 몰라도, 소중하고 존경하며 사랑

하는 사람과 시간을 보내는 것이 행복했다.

전에는 얻을 수 없었던 시간과 행복이다.

아무것도 할 수 없었던 자신이 미웠다.

차갑게 식은 몸을 내려다보며 눈물을 쏟아 냈었다.

기억이 교차하면서 그때의 감정이 떠오른다. 그러나 그 감정과 기억도 지금 이 순간엔 무소용했다.

보다 더 큰 행복함과 따스함이 몸을 감싸 안고 나쁜 기억을 쓰다듬어 준다.

"이제 다 왔구나."

"아, 벌써……."

"서천아. 괜찮다면 위에 먼저 올라가서 날 잡아 주지 않으련? 이 스승이 늙어서 좀 힘들어서 말이야."

"예!"

대답하자마자 정상을 향해 몸을 날렸다. 등반하는 게 아니라, 정말로 지면을 달리는 듯했다.

유정목은 제자가 한 줄기의 빛이 되어 위를 오르자 놀란 듯 눈을 동그랗게 떴다가, 이내 웃음을 흘렸다.

"사부님."

제자가 손을 내민다.

스승은 그 손을 붙잡으며 과거를 회상했다.

'그렇게 작았던 아이가…….'

쓰다듬어 주려고 하면 겁먹은 듯 움츠리던 아이.

버려질까 봐 눈치 보며 열심히 하던 아이.

힘들고 괴로울 텐데도 군말하지 않던 아이.

상대가 걱정할까 봐 괜찮다면서 웃어 주던 아이.

손바닥만 했던 그 손도 이제는 어른이 됐다.

"그래."

굳은살로 가득한 그 손을 붙잡으면서 위에 올랐다.

그러자 그곳에는 어느덧 훌쩍 커 버린 청년이 활짝 웃고 있었다.

"이곳은 여전하군요."

등을 돌리니 봉우리 너머로 여명이 찾아왔다.

황혼이건 여명이건, 그 특유의 빛이 화산의 정기와 어울려 말로 표현할 수 없는 장관을 만들어 낸다.

"그래."

동문도 사형도 사제도 제자를 칭찬해 줬다.

그리고 그들 모두가 입을 모아 말했다.

안 본 사이에 바뀌었다고.

확실히 틀린 말은 아니다. 외모나 무공만 보자면 누가 봐도 바뀐 것이 많았다.

종종 딴 사람이 아니냐는 농도 있었다.

문파 내에선 워낙 행동이 없다 보니 협의가 넘칠 줄 몰랐다는 의견을 정말 많이 들었다.

"정말로……."

하지만, 스승의 눈에 비친 제자는 여전하다.

성장했을지는 몰라도 바뀌지는 않았다.

겁먹고 눈치 보고 힘들어도 내색하지 않고 상냥한 제자.

"여전하구나."

그게 유정목의 제자 주서천이다.

*　　　*　　　*

시간이 유수와 같이 흘러간다. 느긋하게 흐르던 물살은 점차 빨라지면서 앞을 향해 나아갔다.

설중매가 지고 조매(早梅)가 피면서 매견월(梅見月)이 찾아온다. 그리고 봄이 지나면서 초여름이 됐다.

"괴물이 따로 없구나."

우일문이 질린 얼굴로 혀를 내둘렀다. 이십사수매화검법을 가르쳐 주기 시작한 지 반년이 흘렀다.

그런데 몇 번 가르쳐 주지 않았음에도 금세 능숙하게 사용했다. 천재를 넘어서 재앙을 보는 듯했다.

실은 원래 알고 있는 걸 못하는 척 뻔뻔하게 거짓을 연기했을 뿐이지만, 그 사실을 알 리가 없다.

그러니 이렇게 오해할 수밖에.

"후우……."

그간 반년 동안은 되도록 수련에 힘썼다. 상천십좌가 가르쳐 주는 만큼 놓치고 싶지는 않았다.

검 외에도 화산의 무공을 배우는 데 힘썼는데, 그중에는 이제 삼성을 달성한 신행백변(神行百變)도 있었다.

참고로 신행백변은 매화검장 위지결이 가르쳐 줬다.

장문인이란 자리가 여유가 없는 것도 있었지만, 검을 가르쳐 주는 것만으로도 파격적인 인사였다.

제자도 아닌데 하나부터 열까지 가르치려면 불만이 나올 수밖에 없으니 자제하기로 했다.

그렇다고 위지결이 꿩 대신 닭이라는 말은 아니다. 매화검장은 화산파 안에서도 다섯 손가락 안에 드는 고수.

강호 바깥에서는 천하백대고수에 들어간다. 괜히 매화검수들의 수장이 아니었다.

엄한 것과 더불어 말수가 없어 대화라는 게 성립하지 않는 것만 빼면 정말로 괜찮은 스승이었다.

'후. 역시 알고 있는 것과 모르는 건 차이가 심해.'

보법 겸 신법(身法)으로 화산파 무공 중에서도 상승에 속하는 신행백변에 대해서는 알고 있었다.

다만 알고만 있을 뿐, 연공해 보지는 못했다.

어려움으로 보면 이십사수매화검법 수준이어서 쉽사리 익힐 수 있는 게 아니었다.

혼자서 어떻게 해 보려고 도전해 본 적이 있었지만 실패를 맛보면서 본인의 재능에 대해 깨닫게 됐다.

이십사수매화검법이야 축소판인 십사수매화검법이 존재했고, 검에 대한 깨달음이 있어 비교적 쉬웠다.

그러나 신행백변은 이러한 것도 없는 데다가 전생에서도 몇 차례 도전 끝에 포기했던 무공이었다.

그와 중에 위지결의 가르침이 있어 천만다행이었다.

"검은 몰라도 보법에 대한 재능은 평범하군."

위지결이 가르치다가 한마디 했다. 주서천의 업적을 보고 비교하면 나올 만한 소감이었다.

"그렇지만 걱정할 건 없다. 앞으로 신법과 보법을 위주로 수련하면 그만이니까."

"얼마 정도 걸립니까?"

"얼마나 열심히 하냐에 따라 다르겠지. 매화검수들에게도 말해 둘 테니 도움을 받아 수련하도록."

'내가 매화검수가 될 거라고 생각하는 모양이다.'

매화검장, 위지결 장로는 수련이나 임무 외의 것에는 무관심한 것으로 유명하다.

그래도 타인에 완전히 관심이 없는 건 아닌데, 그 예외적인 경우가 바로 매화검수와 관련될 때였다.

매화검수거나 혹은 연화각 시절부터 재능을 보여 후보 검수로 지정될 경우 신경 써서 가르침을 줬다.

'내가 실은 매화검수에 관심 없고, 이제 곧 강호에 나간 다는 걸 알면 분명 반대하겠지?'

보통 후보 검수의 강호 출두는 일 년, 길어 봤자 이 년이다.

부족한 기간도 공을 세울 거리가 없을 경우라서 주서천에게는 해당되지 않는 경우였다.

매화검장의 입김이 보통 약한 것이 아니니 이렇게 얌전하게 묻어가다가 강호로 도망칠 생각이었다.

"바깥도 슬슬 정리되지 않았습니까."

"흠."

반년 전, 영진이 말한 대로 시국이 어수선해지자 위험이라는 이유로 수선행이 일시 중단됐다.

그리고 칠검전쟁으로 혼란했던 상황은 어느 정도 시간이 지나자 그럭저럭 정리가 됐다.

"설마하니 무공이 부족하다 하는 건 아니겠지요?"

우일문이 그럴 리가 있겠냐면서 쓴웃음을 지었다.

반년 전, 그가 돌아왔을 때 이미 그 걱정은 머릿속에서 지워 버렸다. 천하백대고수에 능히 들어가고도 남는 화경의 고수가 강호가 위험하여 나가지 못한다면 화산파의 제자들 모두 불러들여야 한다.

"정말로 매화검수에는 관심이 없는 게냐?"

"예."

검을 가르치는 동안 몇 차례나 제안해 봤지만 돌아오는 대답은 같다. 예상한 대답에 한숨만 나왔다.

"위 장로가 눈을 번뜩이면서 왜 그랬냐면서 따질 것을 상상하니 벌써부터 위가 아파 오는구나."

"어릴 적부터 관심 없다는 걸 나름 피력했습니다만, 아무래도 까맣게 잊으신 것 같더군요."

"끄응."

"그러니 잘 부탁드리겠습니다."

다시 한 번, 강호에 나간다.

하산은 되도록 조용히 하는 걸로 정했다. 괜히 눈에 띄어 위지결의 눈에라도 밟히면 성가시다.

아직 여명이 찾아오기도 전 인시(寅時: 오전 3시~5시) 초 무렵. 주서천은 유정목에게 구배지례를 올렸다.

"이런 야심한 시각에 인사드리는 불초 제자를 부디 용서해 주십시오."

"괜찮다. 내 아직 노년의 나이는 되지 않았으나, 나이를 먹으면 먹을수록 잠이 줄어든단다."

유정목이 언제나처럼 부드럽게 미소 지었다.

"조언이라도 해 주고 싶지만, 초행도 아니고 네가 워낙 나보다 잘하니 뭐라 할 말이 없구나."

"그런 말씀 하지 마십시오. 어찌 제자가 스승보다 잘하겠습니까. 그저 운이 따라 주었을 뿐입니다."

"제자란 원래 스승을 넘으라고 있는 게다. 내 스승께서도 항상 말씀하셨지."

"사조님…… 말입니까?"

주서천이 의아한 듯 묻는다.

사조에 대해선 금시초문인지라 호기심이 동했다.

유정목이 그리움이 묻어나는 눈으로 웃었다.

"널 거두기도 전에 무림의 불화에 휩쓸려 세상을 떠나셨단다."

"자세히 듣고 싶습니다."

주서천이 조부의 이야기를 기다리는 아이처럼 눈을 반짝였다.

"네가 무사히 돌아온다면 느긋하게 들려주마."

따스한 손이 머리를 쓰다듬었다.

"그리고 기다리고 있는 아이가 있지 않느냐."

"예?"

주서천이 어리둥절한 표정을 지었고, 유정목이 그의 어깨 너머를 바라보았다. 제자의 시선도 스승을 따랐다.

"앗……."

사제 간의 대화를 지켜보고 있던 낙소월은 시선이 모이자 부끄러운 듯이 얼굴을 살짝 붉혔다.

"사매……?"

"방해할 생각은 아니었어요, 사형."

"배웅하러 와 준 거구나. 고마워."

전에도 인사해 주었으니, 이번에도 그런 것이리라.

사매의 배려에 가슴 한구석이 따듯해졌다.

"틀려요. 약속을 이행하러 왔어요."

낙소월이 눈을 똑바로 마주치면서 생긋 웃었다.

상황이 이해 가지 않아 무슨 소리냐고 물으려고 할 때, 유정목이 등을 토닥여 주면서 재촉했다.

"자, 나도 슬슬 누우러 갈 테니 얼른 가 보거라. 그래도 혼자 나가지 않으니 참으로 좋구나."

"혼자 나가지 않는다니 설마……."

"허가가 나왔으니 걱정하지 말거라."

말이 끝나기 무섭게 낙소월이 날아와 어정쩡하게 서 있는 주서천을 끌어내곤, 허리 숙여 인사했다.

"그럼, 다녀오겠습니다."

"헉, 이게 그 소문으로만 듣던 수수마공(袖手魔攻)인가? 팔에서 느껴지는 감촉에 혼까지⋯⋯."

"부탁이니, 이상한 소리 하지 말아 주실래요?"

뾰족하게 세워진 목소리가 점차 멀어져 간다.

유정목은 그 뒷모습을 내려다보다가 누군가에게 말을 걸듯이 중얼거렸다.

"인사는 하지 않으셔도 괜찮습니까?"

"⋯⋯됐다."

근처의 매화나무 뒤편에서 심옥련이 답했다. 고개는 여전하지만 그 시선은 옆으로 돌아가 있었다.

"지금이라도 늦지 않았으니, 괜찮다면⋯⋯."

"어제 했으니 됐다."

그 말을 끝으로 기척이 사라졌다.

유정목은 놀란 듯 눈을 크게 떴다가, 이윽고 평소처럼 따스하고 부드럽게 미소 지었다.

*   *   *

앞으로 할 일은 크게 두 가지다.

우선 반야신공의 전달.

이의채에게 회수하여 소림사로 전달하면 된다.

무림맹주가 신뢰하는 사람을 따로 보내는 방법도 있지만, 암천회 첩자라는 가능성을 무시할 수 없다.

그래서 차라리 직접 맡는 편이 좋았다.

전에 무림맹주가 맞선 보라는 서신 중에 덧붙여 있던 내용이었다.

"사형. 저희는 어디로 가는 건가요?"

"유령곡(幽靈谷)."

그러나 우선 순위는 다른 쪽이었다.

"유령곡? 자객방인 그 유령곡이요?"

낙소월이 놀란 듯 눈을 휘둥그레 뜨면서 되물었다.

무소불위의 권력자도 입을 닫는다는 유령곡!

오직 자객들로만 이루어진 단체로서 한번 맡은 의뢰는 결코 실패하지 않는다는 걸로도 유명하다.

다만 그 실체를 본 목격자가 전무했으며 괜한 호기심을 갖고 조사한 이들은 소리 소문도 없이 사라졌다.

실체를 알 수 없는 단체임에도 유령곡은 이백여 년 동안 뒤가 구린 자들에게 오랫동안 애용됐다.

의뢰 금액이 터무니없이 비쌌지만 그만큼 확실한 의뢰 달성을 보여 줬다.

무엇보다 의뢰에 대한 내용을 단 한 번도 발설하지 않은 보안성이 믿음직스러웠다.

"그래."

"도대체 무슨 일로요? 아니, 그보다 사형은 유령곡이 어디에 있는지 알고 계신 건가요?"

"응."

주서천은 사매의 물음에 답해 주면서 다른 생각을 했다.

'유령신공⋯⋯.'

그 유령곡의 독문 신공이 바로 칠 년 전 강호 초출 때 비고를 탐사해서 얻은 유령신공이었다.

'중도만공도 중요했지만, 이것과는 비교할 수 없지.'

삼안신투의 비고에서 다른 것을 제쳐 두고 하나를 꼽으라고 묻는다면 당연 유령신공이라 할 수 있다.

"유령신공을 얻는 자, 유령곡을 지배하리라."

강호에 떠도는 소문이 아니다.

미래에 암천회주가 남긴 말이었다.

정사도 아니고 마도이세도 아니며 심지어 관부의 편도 아닌 유령곡은 오랫동안 의뢰로만 움직였다.

그러나 전란의 시대가 시작되고 후에 암천회주의 수족이었다는 충격적인 사실이 밝혀졌다.

'일반 자객이 그림자처럼 움직인다면, 유령곡의 자객들은 그림자조차 없다. 그들은 어디에나 있으나, 어디에도 없지. 암살로는 천하제일인 자들을 수하로 두고 있으니 호랑

이에게 날개를 달아 주는 격이다.'

중도만공이 안 그래도 괴물이었던 암천회주를 자연재해로 만들어 줬다면, 유령곡은 암천회 자체를 재해로 만들어 주는 데 한몫했다.

유령곡에게 당한 무림 주요 인사만 해도 세 자릿수를 간단히 넘으며, 그중에는 천군사도 있었다.

또한 그들의 정보력 또한 개방이나 하오문에 결코 지지 않을 정도의 수준이었다.

유령곡 전체가 암천회의 수하에 들어가는 것만큼은 막아야 했다.

참고로 위치는 미래에 있을 전란 탓에 노출됐다.

"잠깐, 사형. 제 말 듣고 계신 건가요?"

낙소월이 살짝 삐친 듯 볼을 부풀렸다.

'자주 삐치게 해야겠군.'

볼을 부풀린 사매가 귀여워서 헛생각을 했다.

"알았어. 천천히 이야기해 줄 테니까 조금 진정해 봐."

솔직하게 말할 수는 없지만, 그래도 동행인이 괜한 의심하지 않고 납득하기 위한 변명을 준비했다.

누군가 듣지 못하도록 주로 노숙할 때나 산속을 거닐 때 각색해서 이야기해 줬다.

"작년에 내가 사천당가에 방문한 건 알고 있지?"

"네. 똘추라는 별호를 얻었잖아요."

"봉추다…… 그보다 조금 화난 것 같지 않아?"

"어쨌거나, 그래서요?"

"그 이후에 독혈곡을 찾아갔어."

"독혈곡이라니 미쳤…… 아, 천독지체."

낙소월이 새파랗게 질렸다가 금세 되돌아왔다.

"그곳에서 어쩌다가 유령곡의 절기를 얻었는데 그걸 전달해서 조력을 얻어 볼 생각이란다."

"잠깐, 유령곡의 절기를 얻었다고요?"

"잘 들어, 사매. 이제부터 할 이야기는 좀 진지하니까."

이제부터 진실로 보이는 거짓말을 해야 했다.

이걸 하려고 연습도 했고, 머릿속으로 되뇌기도 했다. 여태껏 이런 종류의 거짓말을 제법 하다 보니 상당히 내공이 쌓였다. 혀에 기름칠이라도 했는지 매끄럽게 움직였다.

"그러니까, 요약하자면 어쩌다 보니 강호를 위협하는 비밀스럽고 위험한 단체를 만났는데, 그들이 실은 강호 정복을 꾀하고 있었고 그걸 듣게 되어 저지하려고 노력하는 중이시라고요?"

"그래. 그 계획 중 하나가 유령곡의 절기로 유령들을 지배하는 거야. 그래서 내가 선수를 치려는 거고."

"……사형."

"응."

"솔직히, 믿기 힘드네요."

낙소월의 얼굴은 진지했다. 주서천의 이야기에 조소를 흘리지도 않았고, 황당하다는 얼굴도 아니었다.

과연 그 사조와 사손이랄까. 낙소월의 얼굴에서 어렴풋이 심옥련의 진지함이 묻어났다.

"갑자기 그런 음모론 같은 걸 말하셔도 제가 '네, 사형의 말이니까 믿을게요.' 라고 말하지는 않아요."

"알고 있어."

"문파의 어르신들도 이걸 알고 계신가요?"

"아니, 말한 건 네가 처음이야."

"속는 셈 치고 묻는 거지만, 그게 진실이라면 왜 상담하시지 않은 건가요? 이건 사대제자가 어찌 판단할 수 있는 문제가 아니라고 봐요."

"화산파는 물론이고 정파와 사파, 심지어 마도이세에도 그들의 끄나풀이 상당히 깊숙하게 숨어져 있으니까. 상담한다고 해도 다들 날 바보 취급을 할 게 뻔하고, 그게 조금이라도 흘러 나간다면 내 목숨이 위험해."

주서천 역시 낙소월처럼 진지하게 답변했다.

장난이라는 기색은 하나도 없었다.

눈을 피하지 않고, 똑바로 마주 보면서 이야기했다.

"……."

대화가 끝나자 낙소월은 아무 말도 하지 않았다.

수상한 이야기를 한 사형을 물끄러미 쳐다볼 뿐, 말은 물론이고 어떠한 감정조차 내보이지 않았다.

어색할 정도로의 침묵은 일각 정도 이어졌고, 최초로 그 침묵을 깬 것은 낙소월이었다.

"그렇다면, 저도 이 사실을 비밀로 해야겠네요?"

"그렇지."

"……하아."

낙소월이 땅이 꺼지도록 한숨을 내쉬었다. 그러곤 곧장 눈을 치켜뜨면서 수상한 사형을 쳐다봤다.

"그리고 화산파의 제자가 자객방의 절기를 얻다니요. 그거 중죄인 거 몰라요?"

"알고 있지만 어쩔 수 없는 상황이란 게 있으니까. 무림을 구하기 위한 일이니 이해해 줄 거야."

낙소월이 말없이 눈썹만 구부렸다.

"믿어?"

"반만요."

"생각보다 많은데?"

"사형이니까 반이나 믿어 주는 거예요."

여전히 머리로는 헛소리로 치부하고 있었지만 마음은 그

렇지 않았다. 복잡한 심경이었다.

"애초에 유령곡의 절기가 독혈곡에 있는 것부터 좀 이상하지 않아요?"

"사매."

"네?"

"독혈곡 가 봤어?"

"아뇨, 가 보지는 못했지만……."

"안 가 봤으면 말을 말아!"

이쯤 되면 만능이다.

*   *   *

첩첩이 둘러싸인 산과 가파른 암벽들은 장엄한 경관을 만들어 내면서도 험난하여 출입을 저지했다.

거세게 움직이면서 우렁차게 울음을 토해 내는 물줄기는 계곡 곳곳에 흐르면서 바위를 깎았다.

또한 안개는 어찌나 많이 끼었는지 앞이 제대로 보이지 않았다.

사람의 발길은커녕 동물조차 찾아갈 수 없는 곳.

"유령곡……."

화산 정도는 아니지만, 그래도 눈앞의 경치에 입이 절로 벌어진다.

"사형, 이건……."

낙소월은 장관에 감탄하면서도 눈살을 찌푸렸다.

"진법이군."

주서천이 곤란한 듯 머리를 긁적였다.

'이런 게 있을 줄은 몰랐는데…….'

전생에 열람한 정보나 서적에 유령곡의 위치 등에 대해서 기록되어 있었다.

다만 그 기록과 다른 점이 있다면 진법의 유무였다. 진법이 있다는 말은 듣지 못했다.

왜 그런 것인지는 대충이나마 유추할 수 있었다.

'기록할 때 즈음이라면, 유령곡의 진법을 없애 버리고 습격한 이후일 터. 그래서 빠뜨린 건가.'

무엇보다 기문진법에 관심 가질 만한 이들은 제갈세가. 그리고 기록해서 열람할 이들도 제갈세가다.

편의상 진법의 기록은 제갈세가에게만 맡겼으리라.

'이런, 승계를 데려올 걸 그랬나.'

기문진법에 대해서 아예 모르는 건 아니지만 기본 정도다. 눈앞에 있는 건 한눈에 봐도 복잡했다.

"사형, 여기 봐요."

낙소월의 목소리가 주서천의 고민을 깨뜨렸다. 다가가서

확인해 보니 글귀가 새겨져 있었다.

　산 자가 이 앞을 건너려 한다면 화를 피하지 못
하리라.

"산 자가 아니라면…… 유령을 말하는 거죠?"
"그래."
아무것도 모르는 사람들 입장에서는 그냥 출입하지 않도
록 경고하는 의미로 받아들였을 것이다.
하지만 이 앞이 유령곡인 것을 아는 두 사람 입장에선 무
슨 의미인지 단번에 알아챌 수 있었다.
'승계를 데려오기에는 너무 늦어.'
산동의 금의상단까지는 거리가 제법 있는 데다가 온갖
고생까지 하면서 왔다.
여기서 발걸음을 되돌리고 싶지 않은 마음이 컸다.
'어쩌면…….'
눈을 느릿하게 감으면서 생각에 잠겼다.
'유령이 된다면 들어갈 수 있을지도 모른다.'
머릿속에는 유령신공의 구결이 있다. 중도만공도 있으니
얼마든지 습득할 수 있었다.
다만 마음에 걸리는 것이 있다.

'암천회주가 유령신공을 사용했다는 건 본 적도 들은 적도 없다. 그게 크나큰 문제야.'

타 문파의 무공, 그것도 신공을 허가 없이 멋대로 배운다면 문제가 된다.

유령곡이 일반적인 문파는 아니지만, 그래도 그 무림의 상식이 통용될 확률이 높았다.

괜히 유령신공을 수련하지 않았던 게 아니었다.

화산파의 보법이 유령보를 대신할 수도 있었지만, 혹시라도 척을 지게 될지도 모른다는 걱정이 들었다.

정말로 원하는 건 신공이 아닌 유령곡이니까.

그래서 일부러 배우지 않고 기억만 해 뒀다.

'역시 돌아갈까?'

사안이 사안인지라 손쉽게 결정할 수 없었다.

'아니, 그렇게 좋은 것만은 아니야. 이 근처까지 왔으니 유령들이 눈치챘을지도 몰라. 승계를 데리고 온다 해도 여기에 그들이 있다는 보장을 할 수 없다.'

만약 그러면 보통 문제가 아니다.

또 다른 유령곡을 찾을 수 있다는 보장도 할 수 없고, 유령들에게 척살 대상이 될지도 모른다.

최악을 꼽자면 단연 후자의 경우였다.

"좋아."

고민은 끝났다.

"일단 돌아가자. 할 일이 생각났어."

'유령신공.'

여명이 찾아올 무렵, 수련을 시작했다.

머릿속으로 구결을 외면서 운기했다.

'역시나 귀식대법이 포함된 심법부터군.'

자객이란 무릇 눈에 띄지 않아야 한다.

귀식대법은 이에 대한 기초 중의 기초이며, 거의 하루 동안 숨을 멈추어도 생존할 수 있게 해 줬다.

특히나 유령신공의 귀식대법은 맥박까지 거의 뛰지 않게 할 수 있었다. 유령의 비밀 중 하나였다. 숨도 쉬지 않고 맥박도 뛰지 않는다면 그건 산 자가 아니니까.

'시간이 그렇게 많은 건 아니니 몇 가지는 제외한다. 출입만 하는 거라면 심법과 보법만 익히자.'

유령신공을 구성하는 건 여러 가지다. 근간이 되는 심법부터 시작해 보법이나 암기술 등이 있었다.

어차피 출입만 할 생각이니 이 두 가지면 충분했다.

'그중에서도 보법을 제일 중요시해야 한다. 유령만이 밟을 수 있는 활로가 있을 게 분명해.'

第九章
유령곡주(幽靈谷主)

　유령보(幽靈步)는 상승의 보법이었지만, 생각보다 익히는
게 수월했다. 오행매화보와 신행백변 덕이었다.

　특히나 신행백변이 유령보처럼 최상승에 속하는 신법 겸
보법이었는지라 수련하는 데 많은 도움이 됐다.

　'그리고 이게 말로만 듣던 부식법(膚息法)인가.'

　심법이란 본래 코나 입으로 하는 호흡법이다. 그러나 자
객들의 무공은 남달랐다.

　그들은 코나 입이 아닌 피부로도 호흡이 가능했다.

　귀식대법으로 숨을 참는 것으로도 부족해서 소리를 최소
화하려고 이런 방안을 강구해 완성시켰다.

정확히는 피부가 아닌 무수한 땀구멍이지만.

'삼 일 정도만 수련하다가 도전한다.'

낙소월에게는 유령곡의 절기로 진법을 통과할 수 있으니 연구할 시간이 필요하다며 대충 둘러댔다.

따지고 보면 절기가 맞긴 맞으니 거짓말은 아니었다.

"사형?"

삼 일 후, 낙소월이 물주머니를 들고 와 고개를 갸웃거렸다. 주변을 둘러보았는데도 주서천이 안 보였다.

기척도 느껴지지 않았다.

'대단하군.'

그리고 바로 근처에 바위 숲 근처에서 운기행공 중이던 주서천은 속으로 감탄을 금치 못했다.

'호흡은 물론이고 맥박까지 거의 멈춘 것처럼 뛰고 있다. 한 시진, 혹은 두 시진에 한 번꼴인가. 혈액 순환도 이루어지지 않아 몸에서 열기조차 사라졌어.'

죽지 않는 건 물론이고 몸에 아무런 문제가 없다.

시체나 마찬가지임에도 불구하고 몸이 멀쩡했다. 그야말로 유령 그 자체. 기척까지 지워지고 있다.

유령신공은 정파의 무공과는 전혀 다르지만, 그래도 화경의 깨달음으로 어찌어찌 끌어낼 수는 있었다.

중도만공 덕분에 반 정도밖에 못 배우겠지만 이것만으로

도 충분하다. 괜히 신공이 아니었다.

"여기야."

목소리를 내고 손을 흔들어 줘야 알아챌 수 있었다.

'이걸 대성한다면 눈앞에 있어도 보이지 않는다고 하던데 어떨지 궁금하군.'

유령들에 대해 알면 알수록 그들을 반드시 회유해야겠다고 마음먹게 됐다.

삼 일 후.

"좋아, 그럼 슬슬 가 볼까."

한 치의 앞도 보이지 않는 안개. 이 앞에 뭐가 도사릴지는 예상할 수 없었다.

"괜찮겠어요?"

낙소월이 걱정되는지 묻는다.

"괜찮으니까 기다려 줘."

삼 일 동안 유령신공에만 집중했다. 적어도 유령처럼 걷는 중에 실수를 하지 않을 정도는 됐다.

"함께 가지 못하는 게 아쉽지만……."

"나 혼자 챙기는 것도 힘드니까. 먼저 다녀올 테니까 기다려 줘."

인사를 끝낸 다음 안개 속을 향해 걸었다.

무작정 걷는 게 아니라 유령심법을 운용했다. 호흡과 맥박이 느려지다 싶더니 곧 멈춘다.

발걸음 소리조차 나오지 않는다. 아무런 소리도 나지 않으니 살아 있는 것이 맞는지 의아할 정도였다.

내공을 머릿속에 있는 구결대로 운용하면서 걷는다. 혹시라도 실수하지 않도록 주의하고 또 주의했다.

얼마나 걸었는지는 모른다. 앞도 보이지 않고 아무런 소리도 들리지 않으니 답답했지만 인내했다.

'혹시 이미 도착한 것이 아닐까?'

체감상으로 반 시진 정도 지났을까. 인내심이 떨어지면서 혹시나 하는 마음이 생겼다.

'그럼 잠깐 쉴 겸……'

발걸음을 처음으로 멈춰 봤다. 별다른 일은 일어나지 않았다.

'내가 가는 길이 과연 맞을까?'

일반적인 발걸음으로 안개에 진입하지 않았다. 유령이 아니면 진입하지 못한다 해서 유령보를 펼쳤다.

'천천히……'

오른발을 내디딜 차례였으나, 왼발을 내디딘다.

'헉!'

지면을 밟기도 전에 이변이 벌어진다. 아무것도 보이지

않은 안개가 걷히면서 화상을 넘어 온몸이 불살라질 정도로의 열기가 뿜어져 나와 이글거렸다.

지금까지 걷고 있던 길이 과연 맞나 싶었다.

고작 한 발자국을 다르게 내디디려고 했을 뿐인데 땅이 꺼지면서 용암이 나오고 붉은 하늘이 펼쳐졌다.

'과연, 이래서 유령이 아니라면 불가능한 건가!'

놀란 마음을 가까스로 진정시켰다. 거세게 뛰려던 맥박도 사전에 막았다.

'어떤 진법인지는 모르겠지만, 지정된 발걸음을 밟지 않으면 이렇게 되는 건가.'

추측이긴 하지만 그래도 확신에 가까웠다.

실제로 원래 밟고 있던 곳에 다시 발을 딛자 기현상이 사라지고 원래의 풍경으로 돌아왔다.

눈앞이 보이지 않던 안개 속이 설마 이렇게 안심될 줄은 몰랐다.

'제대로 가는지 알 수는 없지만 괜히 확인하려다가 길을 잃는 걸 넘어 황천길로 갈지도 몰라. 조심하자.'

고강한 무공과 끊이지 않는 내공을 지녔지만 기문진법 안에선 긴장의 끈을 놓을 수가 없었다.

다른 건 몰라도 길을 잃어 돌아갈 수도 없을지도 모른다는 것이 제일 두려웠다.

'힘들겠지만 포기하지 말고 계속 가 보자.'

요 삼 일 동안 꾸준히 수련한 보람이 있었다.

정면으로 시선을 고정한 채 전진한다. 체감상으로 한나절이 지났을까, 자욱했던 안개가 드디어 걷힌다.

"여기는……."

제일 먼저 눈에 들어온 건 주변을 가득 메운 절벽이었다. 고개를 직각으로 올려야 겨우 그 끝이 보이는 절벽은 세상 천지를 뒤덮어 햇빛을 먹어 치웠다.

약간의 틈이 보이긴 했지만 그 넓이가 좁다 보니 빛이 제대로 들어오지 않아 낮인지 밤인지 헷갈렸다.

이승이 아닌 저승이 아닐까. 그 생각을 하면서 고개를 내리니 어떠한 무늬도 없는 문이 보였다.

그 앞에서 한참이나 서성이던 주서천을 문을 밀어보았다. 혹시 모를 함정에 대비한 움직임이었다.

문이 열렸으나 어떠한 함정도 발동하지 않은 걸 확인한 주서천은 마음먹은 듯 문을 닫고 물러났다.

'좋아, 이 앞인가. 그러면 낙 사매를 데려오자.'

*   *   *

이 주변은 유령곡 일대다. 낙소월을 근처에 내버려 두었다간 습격을 당할지도 모른다.

차라리 함께하는 편이 낫다고 생각해서 원래의 곳으로 되돌아가 사매를 안고 다시 문으로 향했다.

유령보를 모르는 낙소월을 데리고 갈 수 있는 방법은 이 것밖에 없었고, 다행히 무게의 증가로 진법이 변한다거나 하는 건 없었다. 정해진 발걸음만 밟는다면 사문(死門)에 빨려 들어가지는 않았다.

"여기가 유령곡인가요."

"뺨, 조금 붉지 않아?"

"……기, 기분 탓이에요."

낙소월이 헛기침으로 얼버무렸다.

"그래? 그럼 들어가자."

문을 열고 유령곡일지도 모르는 곳으로 들어섰다.

주서천도 이 앞에 무엇이 펼쳐져 있는지는 모른다.

'대규모로 유령곡을 습격해 승리했다는 건 알지만, 그 과정은 그렇게까지 세세하지 않으니까.'

유령곡에 대한 무공 등의 특징이나 장소 등은 있었지만 어떻게 싸워서 승리를 쟁취하였는지는 잘 모른다.

"야명주가 아니었더라면 아무것도 보이지 않았을 거예요."

아무것도 보이지 않는 어두컴컴한 통로였다.

야명주가 없었다면 한 치의 앞도 보이지 않았을 터. 주변을 슥 둘러보니 인공적으로 만든 게 분명하다. 입구에 문이 있었으니 당연한 이야기지만.

"사매."

"네, 사형."

"유령들을 만나게 된다면 일단 공격하지 말고 침착하도록 해. 혹시라도 그들이 공격한다고 해도 웬만하면 방어나 제압하는 것으로 끝내 줘. 일단 우린 그들과 적이 아니니까."

"그렇게 할게요."

"그리고 만약 그들이 공격을 한다면, 그들을 찾으려 하지 마. 호흡도 느껴지지 않을 거고 발걸음이나 기척도 희미할 테니까."

"강호에 전해지는 대로네요. 그 대신 날아오는 공격을 받아치거나 막는 편이 나을까요?"

덧붙여 오감을 극대화해야겠다고 말하자 과연 낙소월이라는 생각이 들었다.

경고를 받자마자 대안, 그것도 단숨에 정답을 꼽았다.

유령들은 기척이나 발걸음, 호흡을 숨길 수 있다.

하나 아무리 그래도 무언가를 휘두르거나 날리는 소리 등을 지울 수는 없었다.

'싸우기 전에 먼저 대화하고 싶다는 의사를 표현하고 싶지만, 자객이란 자들이 본래 암습에 성공하지 못하면 패배하는 이들이니 그건 무리겠지. 백이면 백. 우리를 발견하면 선제공격해 올 터. 조심하자.'

이 앞은 유령의 소굴이지 않은가. 어떤 함정이 도사리고 있을지 모른다.

주서천과 낙소월은 경각심을 유지한 채 앞으로 곧장 나아갔다.

그리고 반 시진이 덜 된 시간이 흐르자 지긋지긋한 통로가 끝나면서 공동이 나타났다.

"여긴……."

낙소월이 주변을 슥 둘러보면서 중얼거렸다.

눈앞에 보이는 건 거대하다고 표현할 수밖에 없는 공동이었다.

천장까지의 거리만 해도 몇십 장을 가뿐히 넘었고, 넓이역시 입이 벌어질 정도로 광활했다.

다만 곳곳에 암벽이 숲처럼 위치해 있어서 전체를 구경할 수 없었고, 그 외에는 이끼 정도밖에 없었다.

신기한 것은 그 이끼에서부터 광채가 은은하게 뿜어져 나와 공동을 밝히고 있는 것이었다.

결코 밝다고는 할 수 없지만, 그래도 저 이끼들이 없다면

한 치 앞도 보지 못했을 게 분명했다.

"사형."

낙소월의 눈이 가늘어졌다.

"그래. 오 장 정도 거리려나."

멀리서 비명이 들려왔다. 다만 그 비명이라는 것이 사람이라기보단 동물에 가까웠다.

"소리는 되도록 내지 말고, 기척도 지우도록 해. 유령들을 얼마나 속일 수 있을지는 모르겠지만 안 하는 것보다는 나으니까."

평소라면 누군가 위험에 빠진 것은 아닐까 하고 협의를 펼치러 가겠지만 안타깝게도 지금은 아니다.

주변을 주의하고 또 주의하면서 경각심을 높였다.

주서천은 낙소월을 데리고 기척이란 기척은 최대로 죽이고 되도록 유령과 비슷하게 행동하며 움직였다.

오 장을 넘어 약 육 장 정도를 움직였을까.

암벽에 몸을 가리고 머리만 빼꼼 내밀어 옆을 살폈다.

채앵!

금속과 금속이 부딪치면서 불꽃이 튀었다. 적색을 띠는 빛이 튀면서 주변을 조금씩 밝힌다.

눈앞에 대치하고 있는 이십여 명의 사람들이 보였다.

그중 반은 이성을 잃은 듯 괴성을 내지르고 있었고 나머지 반은 침착하게 대응하면서 무기를 휘둘렀다.

공통점이 있다면 복장이었는데, 머리부터 발끝까지 전부 검은 건 그렇다 쳐도 노출도가 상당했다.

남녀 할 것 없이 전부 옷이라기보다는 천을 몸에 두른 것 같았고, 전부 몸에 쫙 들러붙었다.

또한, 특이한 것은 한 명도 빠짐없이 검은 천으로 눈을 가리고 있다는 점이었다.

'유령들!'

전란의 시대에서 유령곡과의 전면전 이후 그들에 대한 정보가 풀렸다. 그중에서도 외관이 제일 잘 알려져 있었는데, 저걸 보면 안 유명할 수가 없다.

'왜 유령들끼리 싸우고 있는 거지? 아니, 그보다 저 중에 반은 유령이 맞는지도 의심이 되는군.'

반은 유령 같은데, 나머지 반은 그렇지 않다. 외관만 비슷할 뿐 전부 소리를 지르면서 처절히 싸운다.

유령이 아니라 상처 입은 짐승에 가까웠다.

'도와야 하나, 말아야 하나?'

순간적인 고민. 그러나 곧 결심한 표정을 짓는다.

'어차피 유령곡과 손을 잡아야 하니 도와야 한다. 어떻게 봐도 저 정신 나간 것들은 적으로 보이니……'

괴성을 지르는 쪽이 좀 더 인간답다면 인간다웠다.

유령들은 당황하기는커녕 옆에 동료가 죽는다고 해도 눈 하나 깜짝하지 않으면서 대응해 가니까.

무엇보다 여전히 기척조차 거의 느껴지지 않아서 왠지 모르게 섬뜩하기도 했다.

하나 그러한 자들을 아군으로 맞이해야 하니 누굴 도와 야 할지는 굳이 고민할 필요가 없었다.

"돕는다!"

주서천이 몸을 날리자, 낙소월이 그 뒤를 따랐다.

이십여 명이 서로 맞대고 있는 전장에 불청객 둘이 갑작 스레 끼어들었지만 기이하게도 당황하지 않았다.

시뻘건 안광을 내뿜는 광인의 무리들 중 하나가 기다렸 다는 듯이 소검(小劍)을 쥐고 달려든다.

'휘익' 하는 날쌘 파공음이 머리카락을 스치면서 위협해 왔으나 머리를 트는 것으로 가볍게 피해 냈다.

'유령?'

방금 전 발걸음은 유령보가 맞다.

'아니야.'

그러나 유령치곤 호흡이 거칠었다. 일반 무인이 아니라 자객이라 생각하면 부적절했다.

"죽어랏!"

게다가 살의로 가득한 목소리로 외치기까지 했다.

이건 더 이상 자객이라 볼 수 없다. 적을 눈앞에 두고 흥분한 동물이었다.

판단을 끝낸 주서천은 고개를 젖혀 광인이 휘두른 소검을 피해 낸 뒤 반격했다. 검이 대기 위를 미끄러지듯이 움직여 가슴 정중앙에 틀어박혔다.

"케헥!"

광인이 눈을 부릅뜨면서 절명했다.

"사형, 보통 성가신 게 아니네요!"

주서천과 달리 낙소월은 기습에 실패했다.

주서천이야 유령보에 익숙했으나 낙소월은 아니었다.

무엇보다 희미한 기척이나 유령보의 조합만으로도 힘겨웠다. 자객치고는 호흡이 거칠다곤 해도 일반적으로는 적은 편이니 호흡으로 추적하기도 힘들었다.

아무리 낙소월이 천재라도 자객과의 대결은 단 한 번도 경험이 없었기에 대응하기가 힘든 일이었다.

반대로 여기까지 버티는 것이 용한 편이었다.

"힘들면 되도록 방어에만 신경 쓰도록 해!"

주서천이 공격을 받아치면서 낙소월에게 외쳤다.

그리고 바로 옆의 유령에게 말을 걸었다.

"저희는 그대들을 도우러 온 것이니 부디 오해 없기를 바랍니다. 괜찮다면 전투가 끝난 뒤 천천히 대화를 나누고 싶습니다."

유령은 시선 대신 고개를 돌렸다. 눈이 천에 가려져 있었지만 자신을 쳐다보는 것이 분명했다.

"……."

눈을 볼 수 없으니 무슨 생각을 하는지 알 수 없다. 대답이라도 하면 좋으련만 입도 꾹 다물었다.

피부의 경련 하나조차 보이지 않아서 당최 무슨 표정을 짓고 있는지 전혀 파악할 수가 없었다.

끄덕.

유령이 대답 대신 머리를 위아래로 흔들었다.

'다행이다!'

유령곡은 비밀 유지를 위해 목격자를 문답무용으로 시체로 만든다고 하던데 다행히 그건 아닌 모양이다.

주서천은 속으로 안도하면서 낙소월 근처에 딱 달라붙어 나머지 아홉 명의 광인들을 상대했다.

이 시대의 낙소월이 싸우는 건 처음 보는 것이나 역시 천재이자 차기 매화검수답게 대단했다.

비록 유령 특유의 움직임 탓에 치명상을 입히진 못했으나 화려한 검술로 전부 받아쳐 냈다.

"죽어랏!"

자객이란 건 몇 번이나 말하지만 급습이나 암습에 특화

되어 있다. 그 움직임이나 공격도 마찬가지다.

대부분이 일격필살에 집중되어 있고, 만약 실패하여 정면 승부가 될 경우 그 힘은 반절밖에 안 된다.

절정의 자객이라면 초절정 고수의 암살이 가능하지만, 정면 승부라면 일류의 무인에게 패배할 수 있다.

다만 유령들의 경우 신묘한 무공 덕에 이 약점을 다소 축소할 수 있었으나 역시 한계가 있었다.

무엇보다 주서천이 화경에 이르는 고수다 보니 전혀 통하지 않았다.

주서천은 유령과 상대하던 광인의 옆구리에 파고든 뒤, 검을 대각선으로 휘둘렀다.

검이 광인의 가슴팍을 '부욱' 하고 가른다. 천과 피부가 갈라지며 피가 솟구치는 게 눈에 비쳤다.

아홉 명이 여덟 명으로 줄어들었다. 그러나 싸움은 아직 끝나지 않았다. 우측에서 한 명이 달려들었다.

주서천이 반격하려 했으나, 그 전에 낙소월이 나서서 혼신의 찌르기를 내지른다.

검 끝이 뒤통수를 꿰뚫으면서 이마를 통해 나오는 게 보였다. 그리고 그 뒤로 광인도 시야에 잡혔다.

"뒤를 막아!"

낙소월이 검을 빼 몸을 황급히 돌리려 했다.

하나 그 순간 두 사람 다 예상치 못한 일이 벌어졌다.

푸욱!

남성과 여성 유령이 소리 없이 날아와 낙소월을 뒤에서 부터 덮쳐 오던 광인의 팔을 베어 날렸다.

그리고 곧장 다른 손으로 쥔 소검을 찔러 각각 목과 복부를 공격해 목숨을 앗아 갔다.

"가, 감사해요······."

낙소월은 설마 유령들이 지켜 줄지 몰랐는지 어안이 벙벙한 얼굴로 감사 인사를 전했다.

유령들은 인사에 답하지 않고 뒤로 물러나 다시 광인들에게 향했다.

'뭐지?'

방금 전 광경에 주서천이 의아해했다.

유령곡의 자객들은 저렇게 친절하지 않다. 누가 도와준다고 해도 목격자를 살려 줄 수 없다며 죽인다.

지금 자신들을 공격하지 않는 것만으로도 신기한 일이었는데, 이렇게 적극적으로 도와주기까지 했다.

그는 의아함을 뒤로한 채 나머지 광인들을 상대했다. 숫자가 여섯밖에 남지 않아 처치하는 게 쉬웠다.

특히나 주서천의 검에 절명한 광인이 여럿이었고, 한 식경이 다 지나기도 전에 전멸했다.

열 명이었던 유령들도 전부 무사했다. 다만 몇몇은 부상을 입었는지 금창약으로 치료하는 것이 보였다.

주서천은 그들이 치료를 끝내는 걸 기다려 준 뒤에 다가가 말을 걸었다.

"만나서 반갑습니다. 저는 화산파의 사대제자 주서천이라고 합니다."

정정당당을 추구하는 정파인 입장에서 자객에 대한 시선은 그다지 곱지 않다.

비겁하고 음습하다면서 손가락질했으며, 무엇보다 암살당할 위협에 경계심이 커 적의로 변했다.

주서천이야 유령곡을 아군으로 만들어야 할 입장이라서 적의는커녕 호의를 보였다.

무엇보다 낙소월을 위험에서 구해 준 것이 마음에 들었다.

"혹시 해서 묻는 겁니다만, 여러분께서는 유령곡 출신의 자객분들입니까?"

유령 중 키가 큰 사내가 머리를 주억거렸다.

참고로 열 명의 유령들은 전부 가지각색이었다.

연령대도 아이부터 노인까지 있었다. 성별 역시 남자와 여자가 섞여 있다.

키가 큰 사람도 있었고, 작은 사람도 있었다. 체구는 대부분이 말랐다.

"아마 외부인의 방문에 혼란스러우실 겁니다. 우선, 이 중에서 대표되는 분과 대화를 나누고 싶습니다."

주서천은 포권을 한 채로 예를 표했다.

옆에 있던 낙소월은 자객에게 그렇게까지 할 필요 있냐는 듯 다소 불만스러운 표정을 지었으나 생각을 입 바깥으로 꺼내지는 않았다.

"없습니다."

키가 작은 노인이 답했다. 얼굴이나 배 등 노출된 피부에 주름이 가득한 걸 보고 연령을 유추했다.

"없다……?"

주서천이 그게 무슨 소리냐는 얼굴을 했다.

"우리는 하나."

묘령의 여인이 말을 잇는다.

"그리고 모두."

계속해서 다른 사람이 말을 잇는다.

열 명의 유령들은 한 마디 한 마디 끊으면서 한 사람이 말하는 것처럼 대화를 이어 갔다.

'모두가 평등하다는 뜻인가……?'

사실상 위계질서가 없다는 것과 같다. 그러나 여기에서 이상함을 느꼈다.

'아니, 달라. 다른 유령들은 몰라도 한 사람만큼은 다르다. 대표할 수 있는 사람이 한 명 존재한다.'

유령곡주!

그 이름은 오래전부터 내려왔다. 미래에도 유령곡주는 존재했다. 그 유령이 모든 걸 이끌어 왔다.

의뢰를 받고 선택하는 것도 유령곡주다.

'숨기고 있는 건가?'

다만 왜 숨기는지 짐작이 가지 않았다. 모든 것이 혼란스러웠고, 괜한 생각들만 계속 떠올랐다.

주서천은 고민하다가 직접적인 말은 하지 않고 돌려 말했다.

"말을 잘못한 것 같습니다. 여러분들이 아니라, 이 장소에 대표할 수 있는 자는 있습니까?"

"있습니다."

어린 소녀가 답했다. 다른 유령들처럼 그 목소리에선 어떠한 감정도 묻어나지 않았다.

"너무 순순히 답하지 않나요……?"

낙소월이 의문이 깃든 목소리로 중얼거렸다. 주서천도 속으로는 그 의견에 동의하는 바였다.

물어보면 곧장 답해 준다. 편하긴 하지만 그대로 믿을 수는 없었다.

하지만 수상쩍어도 아군이 될 사람들에게 협박을 할 수는 없는 노릇이었다.

주서천은 그런 속내를 감추면서 말했다.

"하오면, 그분과 대화할 수 있습니까?"

이번엔 유령들 모두가 머리를 끄덕였다. 전부 빠짐없이 동시에 끄덕여 소름 끼칠 정도로 잘 맞았다.

"그럼 부탁드……."

주서천이 뒷말을 이으려다가 입을 다물었다.

청년 유령이 손가락으로 주서천을 가리켰다.

"무슨……?"

주서천이 혹시 해서 뒤를 돌아보았지만, 그곳에는 아무도 없었다. 온 감각을 개방했으나 이 주변에는 열두 명 외에는 개미 한 마리 없었다.

설명이 필요한 눈으로 그들을 쳐다봤으나 아무도 반응하지 않았다.

청년을 시작으로 다들 검지로 주서천을 가리켰다.

주서천은 설마 하는 표정으로 옆으로 비켜섰다. 그러자 손가락들도 따라 움직였다.

"거, 거짓말이죠?"

낙소월이 경악하는 눈초리로 주서천을 쳐다봤다.

"허어……."

주서천도 놀란 나머지 할 말을 잃었다.

유령들이 가리키는 것이 자신이라는 걸 깨닫자, 지금까지 품었던 모든 의문이 절로 풀렸다.

외부인의 방문에도 적개심을 전혀 갖지 않은 것부터 시작해 '막아'라는 외침에 사매를 구한 것, 그리고 어떠한 질문에도 순순히 답한 것이 스쳐 지나갔다.

지금 머릿속에 떠오른 가능성이 이 모든 의문을 시원스럽게 풀어 줬다.

전생에서 유령곡은 암천회를 따랐다. 아니, 정확히는 암천회주를 따르고 있던 것이 맞았다.

"유령곡주의 이름은 무엇입니까?"

혹시 하는 마음으로 마지막 질문을 던진다.

그 질문에 유령들이 전부 답했다.

"주서천."

머릿속에서 우레가 내리쳤다. 뒤통수를 망치로 맞은 기분이었다.

그동안 꽉 막혔던 것이 뻥 뚫렸다. 실타래처럼 얽힌 것이 풀려서 머리가 깨끗해졌다.

"어, 어떻게 된 거죠?"

낙소월이 당황하면서 물었다. 그러나 이번에는 그 누구도 답변하지 않았다.

"유령신공에 대해서 아는 바를 전부 설명해 주십시오."

"유령곡의 일대신공."

이번에는 곧장 답이 돌아왔다.

"유령공(幽靈功)과는 그렇게까지 별 차이가 없습니다."

남자가 먼저 답하고.

"심법이나 보법, 그 외의 암기술 등 난이도나 능력 면 자체로는 비슷합니다."

여자가 말을 잇는다.

"하나 다른 점이 단 한 가지 존재하는데."

"통제 능력입니다."

"어떠한 유령도 그 통제에 벗어날 수 없으며."

"또한 살의나 적의를 가질 수 없습니다."

열 사람이 말을 이으니 참으로 기괴했다.

그러나 지금 광경에 대한 느낌을 표현할 때가 아니었다. 그보다 중요한 건 유령신공의 존재 의의였다.

'전생에서 암천회주가 사망하자 유령곡이 거짓말처럼 사라졌던 이유를 알겠구나.'

유령곡은 곡주를 따른 것이지, 그 단체가 아니었다.

"그렇다면 그동안 유령곡을 이끈 건 누구입니까?"

"전대의 유령곡주가 행동 강령을 남기고 갔습니다. 그걸 따랐습니다."

유지하는 건 유령들을 기르는 것 또한 포함된다.

"도대체 얼마 동안 이렇게 행동한 거요?"

"삼백 년입니다."

생각보다 길었다. 그리고 그 긴 시간 동안 우두머리 없이 유지됐다는 것이 놀라웠다.

"유령신공을 잃어버린 지 삼백 년이나 됐다는 거요?"

"잃은 게 아닙니다."

"잃은 것이 아니라니……?"

"전대의 곡주가 후인을 위해 숨겼습니다."

"숨겨? 유령곡주가 삼안신투와 아는 사이입니까?"

유령신공이 발견된 곳은 삼안신투의 비석이다.

서적 형태가 아니었으니 떠돌아다녔을 리는 없다.

무엇보다 비고는 삼백 년 동안 발견되지 않았다.

그러나 돌아온 답변은 상상을 초월했다.

"아닙니다."

"그럼?"

"삼안신투가 유령곡주입니다."

유령의 대답에 주서천과 낙소월이 입을 떡 벌렸다.

"……!"

"마, 말도 안 돼!"

숨이 멈췄다가 이내 비명이 터져 나왔다. 낙소월의 목소리였다.

낙소월이 이렇게까지 동요하는 것도 처음 봤다. 그 정도로 방금 들은 사실은 충분히 놀라울 따름이다.

그러나 가만 생각해 보면 말이 맞아떨어졌다.

유령곡이 정확히 언제부터 나온 지는 아무도 모른다. 유령곡주의 존재도 있다는 것 정도만 알고 있었다.

유령곡이 신공 없이 활동한 것은 삼백여 년 전!

그리고 삼안신투가 활동한 것도 삼백여 년 전!

第十章
무심유심(無心有心)

천(天)은 지식이요.
지(地)는 힘이니,
인(人)은 사람이리라.
천지를 갖추었다면 이안(二眼)을 얻은 것이니,
사람인 삼안(三眼)을 찾아서 천하(天下)를 훔쳐라.

　　　　　　　……비석에 새겨진 유언 中

삼안신투는 천하제일의 도둑이었다.
천하에게 쫓기는 일은 당연했다. 관부와 무림인, 심지어 일반인까지 삼안신투의 보물을 탐냈다.

이렇다 보니 삼안신투는 은신처와 더불어서 그들의 움직임을 포착할 수 있는 정보가 필요했다.

그들의 움직임을 사전에 듣고 도망친다면 결코 잡힐 리가 없다. 그래서 만들어진 게 유령곡이었다.

실체를 포착할 수 없는 유령들, 초절정의 고수들이 산하에 있다면 어떠한 정보라도 얻을 수 있으리라.

삼안신투는 이 생각을 도둑질을 시작하기 전부터 했고, 곳곳에 은신처를 만들어서 유령들을 길러 냈다.

그게 지금 유령곡의 전신이다.

"비석에 새겨진 글귀의 삼안이란 건 이런 의미였나."

지식이란 건 정보고, 힘이란 건 순수한 무력이다.

사람이란 건 곧 유령들을 의미했다.

"하아……."

낙소월이 땅이 꺼지도록 한숨을 내쉬었다.

왜 그러냐고 묻자, 낙소월은 한쪽 눈썹을 치켜뜨면서 따지듯이 외쳤다.

"지금 그걸 말이라고 묻는 건가요? 화산파의 제자가 유령곡주가 되었으니 한숨이 나올 수밖에 없죠."

"나도 이건 예상하지 못한 일이야."

유령곡의 유일무이한 신공이 설마하니 절대적인 명령을

내릴 수 있는 효능을 지니고 있을 줄은 몰랐다.

만약 이게 무림에 알려진다면 어떠한 파장을 부를지는 상상조차 하고 싶지 않았다.

정파의 기둥인 구파일방 중 화산파의 제자가 유령곡주라니. 정말로 심하면 파문당할지도 모른다.

낙소월은 머리가 아파 오는 듯, 관자놀이를 검지로 꾹꾹 누르면서 중얼거렸다.

"이런 건 결코 말할 수 없어요. 하지만 이 정도 되는 비밀을 영원히 숨겨야 한다고 생각하니 벌써부터 마음이 무겁네요."

"걱정 마. 유령들의 힘을 빌리는 건 어디까지나 세상을 구할 때까지니까."

"그 이야기 아직 전부 믿는 건 아니란 걸 알아주세요, 사형."

"그거면 됐어."

주서천이 흡족한 듯이 웃고는 고개를 돌렸다.

"넌 이름이 뭐지?"

소녀의 모습을 하고 있는 유령에게 묻는다. 연령적으로는 십이 세에서 십오 세 정도 됐다.

"저희는 유령일 뿐, 이름 따위는 없습니다."

심옥련보다도 더 무미건조한 목소리였다.

"너나 야라고 부를 수는 없으니까 소령(小靈)이라고 부르마."

단순한 동맹원이 아니라 수하라는 걸 깨닫자 말이 곧바로 짧아졌다.

그러나 어떠한 유령들도 이의를 가지지 않았다. 아니, 관심조차 없다는 것이 맞았다.

그들은 마치 혼이 없는 인형과도 같았다.

"그리고 아까부터 여러 명이 말하니 헷갈리니까, 내 질문에는 소령만 대답하도록."

소령이 대답 대신 고개를 끄덕였다.

"여기가 정확히 어디지?"

"하북곡(河北谷)입니다."

"하북곡?"

"유령곡 하북 지부라 생각하시면 됩니다."

"그 말은, 유령곡이 이곳 한 곳이 아니라는 건가?"

주서천이 휘둥그레 떴다.

"네. 전부 스물두 곳입니다."

"허어!"

유령곡이 은신처로도 쓰였다고 했을 때부터 한 곳이 아니란 건 알았지만, 설마 이리 많을 줄이야.

거의 전국에 위치해 있는 모양이었다.

"이곳에는 몇 명이나 있지?"

"저를 포함한 열 명입니다."

"겨우 열 명이라고?"

전생에 의하면 이렇게까지 적지 않아 궁금증이 생겼다.

"원래는 서른하고도 두 명이 있었습니다. 그러나 수련을 이겨 내지 못한 광인들에게 당했습니다."

"광인? 아, 아까 그놈들인가. 그놈들은 뭐지?"

유령은 아닌 것 같았지만, 유령보를 사용했다.

"저희는 정기적으로 고아를 데려와 유령으로 양성합니다. 그 과정 중 무심을 위한 심살(心殺)이라는 것이 있는데, 이겨 내지 못하고 실패하면 저렇게 변해 버립니다."

자객에게는 몇 가지 중요한 조건이 있다. 그중 하나가 바로 무심(無心)이었다.

절세 미녀가 나신으로 유혹한다 하더라도 흔들리지 않아야 하며 가족이 살해당해도 아무렇지 않아야 한다.

결정적인 순간을 위해서 인내하고 또 인내하며 표적의 목숨을 앗아가 임무를 완수한다.

인성 따위는 필요하지 않다. 그들 혹은 그녀들에게 필요한 건 냉정심과 인내심 정도였다.

팔다리가 잘려 아파서 주저하면 실패한다.

목숨의 위협을 느껴 주저하면 실패한다.

목표가 가족일 경우 주저해 실패한다.

'삼안신투도 정상인은 아니군.'

눈살을 절로 찌푸리게 된다.

이러한 체계를 만든 건 유령곡주인 삼안신투 장본인일 터. 이해 못 하는 건 아니지만 잔혹하다.

눈앞의 나이 어린 소녀를 살인 도구로 만들었으니까.

'유령곡을 습격한 건 한참 뒤니까…… 숫자가 이렇게 적은 건 이상한 게 아니군. 아마 곡의 비밀을 안 암천회주가 유령을 수없이 양성했겠지.'

하북곡은 광인들에게 신경 쓰느라 근처에 접근하는 사람들을 눈치채지 못해 곡을 노출시켰을지 모른다.

"그러면 일단 그 광인들부터 처리해야겠군. 몇 명이나 남았나?"

"정확한 추정은 불가능하나 아마 오십에서 칠십 명 정도일 것입니다."

"그런가. 그러면 이들부터 처리해야겠군."

광인들을 처리해야 이들이 자유로워질 수 있다.

"좋아, 안내해라. 빠른 시일 내로 정리하자고."

*　　　*　　　*

주서천은 명령을 내리기 쉽게 유령들에게 전부 이름을 붙여 줬다. 대부분 외관에 관련되게 지었다.

그 뒤 이 공동을 돌아다니면서 광인들을 찾아다녔다.

"이곳에서 주의할 것은?"

"곳곳에 함정이 도사리고 있으며, 상당히 위험한 독물 또한 돌아다니고 있습니다."

"과연, 그래서 광인들을 처리하는 데 애먹은 건가."

"그건⋯⋯."

소령이 답하기 전에 머리 위에서 비명이 들려왔다.

"참 나, 대화 좀 하자!"

주서천이 눈부신 반응 속도로 머리 위로 검을 휘둘렀다. 검에 실린 기가 부채꼴처럼 퍼지며 바람을 만들어 낸다. 거센 풍압이 광인을 후려쳤다.

"크헤엑!"

검풍에 정면으로 부딪친 광인이 바닥을 굴렀다.

이대로 끝났다면 얼마나 좋을까. 불행하게도 이 광인들은 단체로 다니는 것이 습성인 듯했다.

숨어 있던 건지 아닌지는 모르겠으나 주변의 암벽 사이에서 뛰쳐나오는 모습이 목격됐다.

수를 대충 세어 보니 스물하나에서 스물셋 정도.

"소령을 제외하고 세 명씩 짝을 짓는다."

유령들이 합이라도 맞춘 듯 동시에 움직였다.

그걸 보면 정말 감탄이 저절로 나온다. 어떤 명령을 내릴지 예상한 것처럼 반응 속도가 번개와 같았다.

"소령은 사매의 곁에서 싸우다가 위험해 보이면 도우도록. 그 외는 자율적으로 알아서 싸워라!"

"존명."

파바밧!

각자 짝을 지은 유령들이 움직였다.

그들의 움직임에는 어떠한 소리도 존재하지 않았다. 모습을 나타낼 때는 병장기를 부딪칠 때만이었다.

"죽어라아!"

"전부 죽여 주마!"

"싫어, 싫어, 싫어!"

"그만해에!"

광인들이 괴기한 울음소리를 내면서 날아왔다.

"넷."

적의 숫자를 세면서 검을 내지른다. 군더더기 하나 없는 깔끔한 찌르기였다.

정면에서 멧돼지처럼 돌격해 오던 광인은 검을 세워서 찌르기를 검면으로 막아 냈다. 그러나 그것도 잠시.

내공 대결에 패배한 것인지 피를 울컥 토했다.

그러나 그것도 잠시였다. 광인은 한쪽 발을 축으로 삼아 내상을 입은 채로 반회전했다.

허리춤에 숨겨져 있던 검이 뽑히면서 섬뜩한 빛을 내뿜는다.

"역시나 귀찮단 말이지."

전생에서 유령들은 아니나 노출된 자객과 싸워 본 적은 있었는데, 무척 힘이 들었던 것이 생각난다.

눈에 띄지 않아서 그런지 암살의 표적이 된 적은 없었지만, 자객이 습격했다는 걸 듣고 도우러 간 적은 있었다. 그들은 정말 목숨을 던져 가며 덤벼 왔었다.

애초에 자객이 습격에 실패해서 신분을 노출하면 거의 죽은 목숨이나 다름없다.

도망치는 것이 아닐 경우에는 대부분 동귀어진할 생각이었기에 몸을 아끼지 않았다.

눈앞의 광인들도 마찬가지였다. 몸에 무리가 가는 내상을 입었는데도 조금도 물러나지 않았다.

주서천은 상체를 숙여 목덜미를 노려 오는 검을 가볍게 피해 낸 다음, 매화권으로 광인의 턱을 노렸다.

퍼어억!

주먹이 턱뼈에 시원스레 명중했다. 치아가 부러지는 동시 뼈가 완전히 아작 났다.

파앗!

그사이에 나머지 세 명이 접근했다. 좌우와 후위였다. 정말로 유령들이었다면 섬뜩했을지도 모른다.

'호흡.'

눈을 뜬 채로 청각에 집중한다.

발걸음 소리는 들리지 않았지만, 그 대신 시끄러울 정도로 요란한 호흡이 들렸다.

평소였다면 시끄럽다고 느낄 정도의 호흡 소리는 아니었지만 지금은 청각에 온 신경을 집중한 상태라 그렇게 느껴졌다.

일순간, 주서천의 세상이 바뀐다. 마치 옆이나 뒤에도 눈이 달린 듯 주변 광경이 전부 보였다.

보인다고 표현하기에는 조금 애매하기도 했다.

호흡이나 병장기를 휘두르는 소리. 움직임에 따른 공기의 미세한 진동을 느껴 추정하는 것에 가깝다.

쐐액!

광인의 검이 뒤에서부터 옆구리를 노리며 찔러 왔고, 옆으로 두 걸음 이동해 가볍게 피했다.

그러곤 거의 동시에 검을 역수로 쥐어서 뒤도 돌아보지 않은 채 광인의 심장부에 꽂는다.

그리고 그다음 행동이 바로 이어진다. 뒤의 광인을 처리한 사이 양옆의 광인이 각각 일격을 날렸다.

심장에 꽂은 검을 뽑아 반격하기에는 늦다. 그래서 검을 쥔 손을 주저 없이 놓고 유령보를 밟아 피했다.

단순히 피한 것뿐만 아니라, 오른쪽 광인의 뒤로 이동해서 허리춤에 매달려 있던 소검을 빼앗았다.

평소에 쓰던 검과는 길이가 다르긴 하지만, 그래도 광인 정도 되는 이들의 목숨을 빼앗기에는 충분하다.

그는 자객이 된 것처럼 광인의 뒷목에 검을 꽂아 신속히 처리한 다음 반대편의 광인에게 곧장 날아갔다.

세 번째 광인이 급히 몸을 틀었으나 그 전에 흉부에 소검이 꽂혀 생을 마감했다.

물 흐르듯이 연결되는 움직임도 대단하지만, 전체적으로 무공이 뛰어나서 무심코 감탄하게 된다.

"누가 화산파의 제자라고 보겠어요?"

낙소월은 주서천의 무공에 순수하게 감탄하면서도 어이없다는 듯이 한숨을 내쉬었다.

가끔씩 신행백변을 보이나 유령보로 신출귀몰하는 탓에 화산의 움직임과는 거리가 멀었다.

거기에 방금 전에는 검까지 버리면서 적의 검을 빼앗아 목숨을 취했다. 검수라 부르기도 힘들다.

정파인이라면, 그리고 검수라면 결코 하지 말아야 할 행동을 아무렇지 않게 행하니 어이가 없었다.

만약 화산파의 삼대제자나 이대제자 등 주요 사람들이 본다면 뒷목을 잡으면서 소리 지를지도 모른다.

"잘 싸우네."

낙소월은 주서천과 달리 화산파의 모범이었다.

차기 매화검수답게 신행백변이나 이십사수매화검법을 펼치면서 광인들을 유린했다.

변검의 특징을 잘 살려 공수의 전환을 자유롭게 하고 곁에 붙은 소령과도 손발이 잘 맞았다.

반대로 유령들이 걱정이었다.

"무리하지 마! 굳이 손발을 희생할 것 없다! 적의 목숨을 취하는 것보다 자기 몸을 지켜라!"

유령들은 광인들만큼은 아니었지만 자기희생적인 움직임이 많았다. 실력이 좋아 멀쩡했지, 그러지 않았더라면 진작 손발이 잘렸을 정도로 아슬아슬했다.

주서천은 혼자서 싸우면서도 주변을 신경 쓰고 적절한 명령을 내렸다.

회귀 전의 전란에선 대부분 말단이었고 지휘층은 아니었는지라 꽤나 신선한 경험이었다.

의외로 지휘에 재능이 있나 하고 부푼 마음을 가졌을 때 등골이 오싹해지면서 몸이 먼저 반응했다.

검이 회전력을 담아서 좌측으로 포물선을 그리자, 다른 방향에서 날아온 비수들이 맞고 떨어졌다.

"웬 놈들이냐!"

영웅의 갑작스러운 등장에 반응하는 소악당 같았다.

"……"

북서 방향 일 리 바깥, 파도를 연상시키는 바위 위로 사십여 명의 그림자가 나타났다.

그 적지 않은 숫자에 낙소월이 꿀꺽하고 침을 삼키는 소리가 들려왔다.

'새로운 광인들인가?'

저들을 합하면 소령이 말한 대로 남은 숫자가 맞는다. 다만 그들에게서 이상함을 느꼈다.

가슴이 무언가라도 막힌 듯 답답할 때쯤, 바위 위에 서 있던 인영(人影)이 전장을 내려다보며 외쳤다.

"그 누구도 우리의 마음을 죽이지 못한다! 유령곡!"

"……!"

주서천이 깜짝 놀랐다.

"어떻게 된 거죠?"

낙소월로 놀라 묻듯이 중얼거렸다.

저들에게서 느낀 이상함의 정체는 마음이었다.

그들은 유령처럼 마음이 없지도 않았고, 광인처럼 미치

지도 않았다.

흔들림 하나 없는 목소리로, 그리고 분노와 원한이 깃든 사람다운 감정을 내보였다.

"소령! 저들은 누구지?"

혹시나 제삼자의 개입인 것일까. 예상외의 일에 당황하면서 물었다.

"광인입니다."

"하?"

소령의 대답에 더더욱 이해하지 못하게 됐다.

저들의 무엇을 보고 광인이라 하는가?

혹시 몰라 다시 봤지만 광인치곤 눈빛이 깨끗했다. 초점이 사라져 있지도 않고, 맛이 간 느낌도 아니다.

어딘가 모르게 복수심에 불타는 듯했는데, 반대로 그게 더더욱 사람답다는 생각이 들었다.

"심살에 성공하지 못하고, 그 과정을 이겨 내지 못했으니 광인이 맞습니다."

"……대충 무슨 의미인지 알겠네요."

그사이에 광인 둘을 처리한 낙소월이 다가왔다.

"유령이 될 자들은 마음을 죽이는 과정에서 셋으로 나뉘었을 거예요. 성공적으로 마음을 죽여 감정이 없어지거나, 실패하여 완전히 미쳐 버리거나."

"그리고 나머지는……."

"마음이 죽기도, 미치기도 전에 도망쳐 버린 거죠. 유령들 입장에선 그들도 이겨 내지 못한 거니 광인이나 마찬가지겠네요."

낙소월이 마음에 안 든다는 듯 눈살을 찌푸렸다.

"이래서야……."

꼭 자신들이 나쁜 놈이 된 것 같잖아.

"너희는 누구지?"

그사이에 사십여 명이 일행을 둘러쌌다.

유령들이 문답무용으로 달려들려 했으나, 주서천이 이를 제지하곤 대신 중심으로 모이게 했다.

"유령치곤 감정이 풍부하지만…… 그렇다고 '우리' 부류는 아니로군."

검처럼 예리하게 잘 벼린 분위기의 남자가 유령들을 보고 이를 부드득 갈았다.

"너희가 유령곡의 수뇌인가?"

'아무래도 유령곡에 대해서 모르는 모양이군.'

유령은 곡주를 제외하고 평등하다. 수뇌 같은 건 존재하지 않는다.

알고 있었다면 수뇌가 아니라 곡주라는 표현을 했어야 했다. 즉, 기초적인 것도 모른다는 의미였다.

"소령. 저들이 유령곡에 대해 얼마나 알고 있지?"

"이곳이 유령곡이란 것과 유령이 되기 위한 무공, 그리고 과정뿐입니다."

"과연."

생각대로였다.

"무슨……."

"저 유령들이 대화를 했다고?"

"그것도 여러 명이 아니라니……."

한편, 그 대화를 들은 이들이 경악했다.

그 반응을 본 주서천이 소령에게 다시 물었다.

"너희 대체 이들에게 평소 어떻게 대한 거야?"

"수련 과정만 가르쳤습니다."

대충 어떨지 상상이 갔다. 아마 무공을 가르치는 것 외에는 어떠한 말도 하지 않았겠지.

식사 또한 먹으라는 말 없이 벽곡단만 던져 줬을 게 뻔했다.

"이봐. 지금 너희 심정이 어떤지 이해 못 하는 건 아니지만 말이야, 서로 검을 내려 두고 대화부터 하자."

"이해 못 하는 게 아니라고?"

남자의 눈이 증오로 불타올랐다.

"헛소리!"

그 외의 인물들도 깊은 증오심을 드러냈다.

"아무것도 모르는 어린아이를 납치해 와서 이 지옥에 던져 놓고 온갖 고통을 겪게 하고, 최후에는 마음을 죽이라면서 잔학무도한 짓을 했으면서 감히 그따위 말이 나오더냐!"

아무래도 그 증오가 보통이 아니었다. 뼛속까지 사무친 살의와 원한의 깊이를 보고 걱정부터 앞섰다.

'웬만하면 적을 만들고 싶지는 않은데…….'

이들이 바깥으로 나간다면 유령곡의 복수를 위해서 알리고 다닐 게 뻔하다.

무엇보다 이들을 이렇게 만든 것은 자신이 아니기에 억울한 겸도 있어 오해를 풀고 싶었다.

"진정해. 일단 오해가 있는 모양인데, 그건 내가 한 게 아니야. 사매도 아니고. 나는 외부인이다."

주서천이 소매 안의 매화를 보여 줬다.

"화산파?"

"다행히도 상식 정도는 가르쳐 준 모양이네. 일단 서로 통성명부터 하자. 화산파의 주서천이라 한다."

"지금 그걸 나보고 믿으라고 하는 말이냐?"

외부에서 화산파를 감히 사칭할 자는 몇 없다. 사파인이든 마도인이든 괜히 화산파를 사칭했다간 성가셔진다.

그러나 이곳은 유령곡. 설사 무림맹주나 천마를 지칭해

도 별문제 없다.

아니, 그 전에 이들은 주서천이 광인들과 싸우던 모습을 목격했다. 화산파의 제자와는 거리가 멀었다.

"당최 무슨 생각인지 모르겠군. 네놈들이 가르친 그 저 주스러운 무공을 우리가 모를 줄 아느냐?"

"그렇지? 너희도 믿기 좀 힘들지?"

주서천이 멋쩍게 웃으면서 뒤통수를 긁적였다.

"사형……!"

낙소월이 힐난의 눈초리로 째려봤다. 무슨 생각이냐고 묻는 것 같았다.

"대화는 끝났다."

고요해졌던 살기가 다시 폭풍처럼 몰아친다.

"잠깐!"

"또 뭐냐!"

남자의 얼굴에서 짜증이 묻어났다. 방금 전까지만 해도 터지기 일보 직전이었던 살기가 잠잠해진다.

"이름 좀 알려 줘라."

"가무량이다."

짜증을 내면서도 성실히 답해 주는 가무량이었다.

"……?"

가무량의 옆에 서 있던 묘령의 여인이 고개를 갸웃거렸

다. 그 외의 사람들도 의아해하는 것이 보였다.

그들은 전부 '뭐하는 거야?' 라고 묻는 것처럼 가무량을 쳐다봤다.

"흐."

주서천에게서 실소가 흘러나왔다.

"그렇군."

"사형, 혹시……."

"그래. 광인에게는 통하지 않았지만, 이 탈주령(脫走靈)들에게는 적용되는 모양이야."

신공의 통제 능력은 어디까지나 유령에 한해서다.

즉, 힘의 근간이자 기초인 유령심법을 익힌 자였다.

이 이론에 의하면 심살 과정에 버티지 못하고 미친 광인에게도 통용되어야 했다.

그래서 혹시 하는 마음으로 명령을 내려 봤으나, 애석하게도 그들에게는 통하지 않았다.

명령을 들어도 그걸 시행하려면 언어를 머리로 이해해야 하는 과정이 필요했다.

그렇다 보니 주화입마에 빠져 이지를 상실한 광인들에게는 명령을 이해할 수도 없었고 들리지도 않았다.

"뭔 헛소리를 하는 거지?"

"전부 내 앞에 집결해라."

"대체 뭔…… 무, 무슨!"

가무량을 포함해 탈주령들이 당혹스러움을 감추지 못했다. 몸이 제멋대로 움직인 탓이었다.

"미리 말하지만 나 외에 사매에게도 위해를 가하지 말도록."

혹시 모를 상황에 대비해 금제를 걸어 두었다.

그러나 그런 걸 신경 쓸 상황이 아니었다. 가무량의 동공은 지진이라도 일어난 듯 거세게 흔들렸다.

방금 일어난 현상을 이해해 보려고 머리를 굴려 봤지만 답은 나오지 않았다.

"이게…… 어떻게 된…….."

가무량이 믿기지 않는다는 목소리로 중얼거렸다. 그 외의 탈주령들도 비슷한 반응이었다.

그들 모두 제자리에 서서 꼼짝하지 못했다. 몸은 미동도 없는데 표정은 죄다 흉악하게 일그러졌다.

"너희가 워낙 흥분한 탓에 강수를 둬야 하는 걸 이해해 다오. 앞으로 할 이야기는 조금 기니까."

"도대체 무슨 사술을 쓴 것이냐……!"

"사술이 아니니까 가만히 좀 들어라. 지금부터 어찌 된 것인지 자세한 걸 설명해 주마. 그 전에 다시 소개를 한다면, 나는 화산파의 제자이자 유령곡주이기도 한 주서천이라고 한다."

통제 능력에 대한 정보가 하나 더 추가됐다.

유령들은 마음을 죽인 탓에 군말하지 않고 따랐다.

그러나 탈주령은 달랐다. 그들은 아직 감정이 풍부하여 명령에 따르되 불만을 제기할 수는 있었다.

생각은 그러고 싶지 않은데, 몸이 저절로 따른다.

그 증거로 가무량은 방금 전까지 짜증을 부리면서도 주서천이 말하는 대로 따랐다.

"아직 채 반나절도 되지 않았지만 말이야."

주서천은 그들에게 비교적 자세히 설명했다.

대부분은 낙소월에게 설명한 것과 비슷했다.

추가적인 것이 있다면 입곡 이후의 일이었다.

"잘도 꾸며 대는군!"

가무량의 적의는 사라지기는커녕 커졌다.

"마음만 먹으면 말만으로 죽일 수 있는데 군이 입 아프게 거짓말을 왜 하겠어? 그래도 이런 수고를 하는 건 너희를 죽이고 싶지 않아서야."

확실히 자결해라, 라는 명령만 내리면 끝이다. 유령들을 빼고 지정해서 죽일 수 있으니 쉽다.

아직 해 보지 못한 명령이지만 소령이 뭐든지 가능하다고 말해 주었으니 아마 진실이리라.

"이봐, 가무량. 너희에게 벌어진 일은 안타깝다고 생각한다. 유령곡에 증오를 지니는 것도 당연해."

그러나 죽이고 싶지는 않았다.

그들이 악인이라면 모를까, 그런 것도 아니다. 반대로 악한 측을 꼽자면 유령곡이었다.

소령의 말에 의하면 부모가 없거나 노비로 팔려 나가는 아이들을 데려와 키운다고 한다.

유령곡은 죽어 가기 전의 아이들을 먹이고 재워 주었지만 그렇다고 지은 죄가 사라지는 건 아니었다.

그들은 사람을 도구로 취급하고, 비인도적인 수련을 가했다.

"그 증오를 조금이라도 풀려면 복수를 해야 할 것이고, 아마 그 끝은 유령곡의 전멸일 거다. 하나 미안하게도 나는 그걸 그대로 내버려 둘 수는 없어. 무림을 구하기 위해서는 그들의 힘이 필요하니까."

유령곡의 존재만으로 피해를 최소화할 수 있다.

그들이 지닌 힘과 정보력은 보통이 아니다.

소령에게서 곡에 대한 사정을 들었을 때 확신했다.

"원한다면 너희를 전부 죽게 만들거나, 아니면 뇌옥 안에 가두어 평생을 썩게 할 수 있지. 하지만 난 그러고 싶지 않아. 그러니까 제안을 하마."

"제안?"

"그래. 내 수하가 되어라."

"결국은 전처럼 우리를 도구로 쓰겠다는 거군!"

가무량이 곧장 반발하자 주서천이 손을 들어 제지했다.

"잘 들어 봐. 그 대신 자유를 줄 거니까."

"자유?"

탈주령들이 그 말에 몸을 움찔 떨었다.

그들은 평생을 유령곡 내에서 지냈다. 바깥에 나갔던 기억이라곤 예닐곱 살 때가 전부였다.

"유령처럼 마음을 죽일 필요도 없고, 몇 가지 비밀만 지켜 준다면 중원이건 새외건 어디든 가도 좋다. 종종 필요할 때 임무를 내리겠지만, 거부할 수도 있고 승낙한다면 그에 알맞은 보상도 주지. 어때?"

상왕 덕에 돈은 마를 틈이 없는 데다가 유령곡주가 되었으니 그 재산도 자연히 따라올 것이다.

"……"

이번에는 입을 열지 않았다. 그 대신 새로운 주인이 될 자를 똑바로 마주 보면서 생각에 잠겼다.

'정말인가?'

가무량이 주서천을 믿지 못하는 건 당연했다.

어릴 적부터 유령곡에서 길러졌지만 모든 걸 **빼앗겼고,**

지옥에 떨어져 온갖 고생을 했다.

겨우겨우 도망친 뒤로도 같았다. 정말로 유령인지 귀신같이 눈치채고 추격해 오는 그들과 싸워 왔다.

그러던 중 갑작스레 화산파의 제자 겸 유령곡주를 자칭하는 작자가 나타나 자유를 대가로 제안해 왔다.

보통 일도 아니고 그들의 인생을 전부 뒤바꿀 만한 일이 반나절도 채 되지 않아서 순식간에 벌어졌다.

'하지만 저자에게 우리를 통제할 수 있는 능력이 있는 건 확실하다.'

혼자도 아니고 동료들 전부가 그 말에 따랐다.

'……'

제안 자체는 나쁘지 않지만 역시 의심스러웠다.

그러나 가무량에게는 선택지가 없었다.

몸은 여전히 꼼작도 하지 못했고, 무슨 사술인가 싶어서 운기도 해 봤지만 변하는 건 아무것도 없었다.

"생각할 시간이나 의견을 교환할 필요가 있다면 눈치 보지 않고 하도록 해. 원한다면 자리를 비워 줄게."

"……만약, 제안을 거부하면 어떻게 되나?"

"죽이지는 않겠지만 방해하면 곤란하니 금제를 가한 채로 이곳에 내버려 두겠지. 유령들에게도 역시 위해를 가할 수 없다. 그들의 힘이 나에게 필요하니까."

말이 제안이지 거의 협박이나 다름없었지만, 그렇게까지 나쁜 것만은 아니었다.

그가 마음만 먹는다면 제안이고 뭐고 간에 정말로 명령에만 복종하는 도구로 쓸 수도 있었다.

입이야 다물게 하면 그만이고 불온한 움직임 역시 사전에 막을 수 있었다.

아니, 시도는 하지 않았으나 어쩌면 사고방식조차 세뇌하는 것처럼 바꿀 수 있을지도 모른다.

하지만 손이 부족한 것도 아니었고 유령도 있기에 굳이 그렇게까지 하고 싶지는 않았다.

"잘 생각해 봐."

第十一章
제이고향(第二故鄉)

이틀 뒤.

가무량은 잔뜩 인상을 지은 채로 서 있었다.

"앞으로 잘 부탁한다. 곡주 말고 대협이라 불러."

결과만 말하자면, 가무량을 비롯한 마흔다섯 명의 탈주령 모두 주서천의 밑으로 들어왔다.

하루 동안 시간을 줬고, 그 토론은 한 가지의 결론밖에 낼 수 없었다.

반항하려 해도 그럴 수 없고, 곡주의 통제 능력이 있는한 제안을 거부하면 이곳에서 평생 살아야 한다.

그들 모두 유령곡에 대한 원한이 넘쳤으나, 당장 닥친 현

실에 그 한을 잠시 고이 접어 둬야만 했다.

복수심도 중요하지만 자유만큼은 아니었다.

"착각하지 마라. 우린 네 더러운 수작에 어쩔 수 없이 따르는 것이지, 충의를 받친 게 아니니까."

"나도 그런 거 기대 안 한다."

그들이 제안을 받아들이겠다고 하자마자 금제를 걸어 뒀다.

첫째로 주변 인물들에 대한 보호였다. 나중에 초상화까지 가져와서 인식시켜 줄 생각이었다.

둘째로는 비밀의 유지였다. 주로 유령곡에 대해서였다.

셋째로는 자신과 그 계획에 관련된 일이었다. 위해를 가하지 않아야 한다고 당부해 뒀다.

세 번째에는 유령들이 포함됐다. 그의 계획에 유령이 필요하니 그들을 해칠 수 없었다.

탈주령들은 세 번째에 몹시 불만이었지만, 그걸 겉으로 내색하지는 않았다. 말해 봤자 변하지 않으니까.

"그리고, 우리를 이용하겠다면 최소한 저들과 엮지 마라. 원수를 돕느니 차라리 목숨을 스스로 끊겠어."

"이용이 아니라 도움을 구하는 거…… 됐다. 어차피 안 믿으니 입만 아프지. 그리고 나도 눈치가 있으니 그건 걱정하지 마라."

탈주령이 유령에게 품은 원한은 상상 이상이었다.

하기야, 평생 동안 노예처럼 부리고 수련이라는 명목하에 온갖 고통을 선사했으니 당연한 일이었다.

"우리의 마음은 누구도 꺾지 못할 것이고, 감정 역시 빼앗지 못할 것이다. 설사 육체를 지배한다 할지라도 마음과 그 혼은 굴복하지 않는다."

탈주령은 마음이라는 것에 심히 집착했는데, 그들 전원 심살의 과정에서 정신적 외상을 입은 듯했다.

"소령."

"네, 대협."

"도대체 심살은 어떻게 진행되는 거지?"

호기심을 참지 못한 그는 소령을 따로 불러 물었는데, 이야기를 듣고 아연실색하지 않을 수 없었다.

소령의 입에서 흘러나오는 심살이란 건 상상 이상으로 잔학무도하고 비인도적이며 악마적인 발상이었다.

"포로로 잡혀 정보를 발설하지 않으려면 고문을 버텨야 합니다. 그래서 고문에 대한 내성을 기를 겸 고문부터 가합니다."

처음부터 예사롭지가 않았다.

"고문을 이겨 내면 다음으로 어릴 적부터 함께한 수련생을 데려옵니다."

"설마……."

자객들은 보통 어릴 적부터 정을 쌓지 않는 법을 배운다. 사사로운 정은 암살에 방해만 될 뿐이다.

그러나 유령곡은 조금 다르다. 일부러 친하게 지내는 이들을 내버려 둔다.

심지어 도중에 연인이 되는 이들도 존재하지만, 아무런 제지도 하지 않았다.

"정을 쌓은 수련생들끼리 서로 죽이도록 명령을 내린 다음에 약물을 이용하여……."

"그만."

더 이상 듣고 싶지 않았다. 그 앞에 어떤 일이 벌어졌을지 대충 예상이 갔다.

말하는 것을 보면 과정이 더 이어지는 것 같았지만, 썩 궁금하지는 않았다. 기분만 나빠졌다.

평화를 얻기 위해 필수 불가결인 힘이라곤 해도 올바르다고 할 수는 없는 단체였다.

'삼안신투 그 도둑놈 순 미친놈이었잖아?'

그렇게까지 증오하는 것도 이해가 갔다. 반대로 원한을 품지 않는다면 그게 더 이상하다.

무엇보다 아직 어린아이에 불과한 소령이 이런 말을 아무렇지 않게 하는 게 마음이 아팠다.

도대체 무슨 일을 당했을지 상상조차 할 수 없다.

＊   ＊   ＊

주서천과 낙소월은 태세의 정비를 위해 한동안 이곳에서 지내기로 했다.

소령에게 쉴 만한 곳이 없냐고 묻자 안내해 줬다.

사람의 손길 하나 없을 것만 같았던 유령곡이었지만 깊숙한 곳에 자그마한 주거지가 숨어 있었다.

"정말로 너무하군."

주거지라고 해도 도저히 사람이 살 곳이 아니었다.

목조로 된 건물이 있으나 넓기만 하지 방이 구분되어 있지도 않고 이부자리만 깐 것에 불과했다.

그 대신 무기고나 서고 혹은 의원 등의 시설들은 훌륭했다. 반대로 너무 깔끔해 기분 나쁠 정도였다.

"몇 년, 아니 몇 십 년 동안 찾았던 곳인데 이런 곳이 있었다니……."

가무량이 허탈한 목소리로 중얼거렸다.

그들은 곡에 도착하여 수련만 받았다. 잠은 아무 곳에서 누워 처리했다.

탈주했을 때는 어디엔가 유령들의 본거지가 있을 것이라

고 생각하면서 습격을 위해 찾아 헤맸다.

하지만 본거지는커녕 실마리조차 찾지 못했는데 이렇게 손쉽게 찾아 들어올 줄이야.

"진법 안에 숨어 있었으니 그렇게까지 허탈해하지는 마라. 그럼 다음에 부를 테니 쉬도록 하라고."

탈주령들은 도착하고도 마음을 놓지 못했다.

항상 언제나 유령이나 광인의 위협에서 벗어나지 못했기에 잠을 자도 자는 게 아니었다.

누울 곳이 울퉁불퉁하지 않고 평면으로 된 바닥인 것도 어색해서 제대로 잠들 수 없었다.

결국은 필요하지도 않은 불침번을 정하고 교대하면서 잠을 청했다.

"소령."

"네."

소령이 그림자 속에서 튀어나오듯이 나타났다. 낙소월은 종종 유령들의 등장에 놀라곤 했다.

기척을 느끼지 못하니 정말 귀신을 보는 기분이었는지라 심장이 튀어나올 뻔한 게 한두 번이 아니다.

"외부의 지부와는 어떻게 연락하지?"

"암호문으로 된 편지를 전서응을 통해 보냅니다."

"이번에는 너에게 부탁할게."

소령이 대답 대신 붓과 종이를 가져다줬다.

우선적으로 전할 건 유령곡주의 등장과 정체. 그리고 비밀의 유지와 주변 사람들의 보호였다.

혹시라도 사문이나 아군이 괜히 눈먼 유령에게 피해를 입을지도 모른다는 걱정에서였다.

"나에 대해서 믿을 거라고 생각해?"

"믿되 함부로 움직이지는 않습니다. 눈앞에서 증명하지 않는 경우와, 그런 경우에 따른 행동 강령이 있습니다. 명령이 제한될 것입니다."

"서신에는 통제 능력이 효력을 발휘하지 못하나."

주변 사람의 보호는 가능하되, 귀중한 정보의 열람이라거나 암살에 대한 것도 제한이 생긴다.

새로운 사실을 기억하면서 각 지부에 서신을 보낸 다음, 한동안은 서고에 박혀서 여러 가지 조사를 했다.

유령들은 어떠한 질문도 답해 주었으나, 기본적으로 묻지 않는다면 아무런 말도 해 주지 않았다.

모르는 사실은 묻지 않으면 영영 모르기에 서고를 뒤져 가면서 유용한 정보를 찾아야만 했다.

유령곡에 대한 기초적인 지식, 그리고 곡이 소유한 영약이나 무공 비급 외에 다른 정보에 대해서도 있었다.

그 양이 보통이 아니었는지라 전부 알아내는 건 무리가

있었고 중요한 것만 골라서 습득했다.

그것만 해도 제법 큰 성과였다.

시간이 흘러 보름이 지났다.

중요하게 여기는 정보를 전부 필독(畢讀)했다. 암호문도 기초적인 것을 배웠다.

"사형. 슬슬 시간 됐어요. 다들 기다려요."

진시(辰時) 무렵 낙소월이 부르러 왔다.

"그래."

서적을 덮고 책장에 집어넣었다.

이제 벽곡단도 슬슬 질려 간다. 이놈의 유령곡은 맛에 대한 개념이 없는지 벽곡단 외에 음식이 없었다.

"나가자."

만약의 상황과 외부와의 연락을 위해 유령들 중 다섯 명을 하북곡에 남기고 왔다.

탈주령은 전원 따라왔다. 누구는 몇 년, 누구는 수십 년 만에 나간다는 사실에 어색해했다.

아직도 믿기지 않는 눈을 껌뻑이면서 수군거렸다.

참고로 안내받은 길은 원래 들어왔던 곳과는 달랐다. 궁금하여 물어보니 출입구가 여럿이라 한다.

그중에는 길이 복잡해 헤매긴 하지만 무수히 설치된 진

법을 통과하지 않아도 갈 수 있는 곳이 있었다.

바깥에 나오니 햇빛이 반갑게 일행을 맞이했다.

"햐! 햇빛이 이렇게 반가울 줄이야!"

주서천이 손으로 눈을 가리면서 씩 웃었다. 그 뒤에 붙은 낙소월도 기분 좋은 듯이 미소 지었다.

유령곡은 빛이 나는 이끼를 제외하곤 암흑뿐이어서 햇빛이 특히나 반가웠다.

"허어……."

가무량이 신기한 듯 입을 빠금거렸다. 그를 비롯한 탈주령들은 전원 동일한 반응을 보였다.

"끄흑……."

얼마 지나지 않아 조용히 우는 사람도 나왔다.

지옥을 무사히 탈출한 것에 안심한 듯 울음을 터뜨렸다. 누구도 그 혹은 그녀를 비웃지 않았다.

주서천과 낙소월도 이때만큼은 아무 말도 하지 않았다. 그들의 심경을 조금은 이해할 수 있었다.

"우리는 이제 어떻게 되는 거지?"

가무량이 눈시울이 붉어진 채로 물었다.

"알아서 해라."

"알아서?"

"그래. 너희가 필요하다면 유령이 찾아갈 거야. 시간이 걸리니 곁에 있어 준다면 나야 좋지만, 그건 이제 막 자유를 되찾은 사람에게 할 말은 아니니까."

가무량이 살짝 놀라운 표정을 지었다가 눈을 감는다. 머릿속에서 수십 가지의 생각이 지나갔다.

그 고요함은 그다지 길지 않았다. 먼저 입을 연 것도 그였다.

"솔직히 나는, 아니 우리는 너를 아직 완전히 믿지 못한다."

그렇게 염원하던 바깥에 나왔지만, 아직 실감이 가지 않았다. 무슨 함정이 도사리는 건 아닌지 의심이 갔다. 그동안의 생활이 그들을 피폐하게 만들었다.

"어쩌면 이것이 꿈일지도 모르지. 그러니, 확인해 보마. 진실과 마주해 보고 그것이 거짓이 아니라면 그대의 제안을 받아들여 도움을 주겠다."

'역시 이걸로는 유령에 대한 원한을 접지는 않는군. 그래도 이 정도면 성공한 거야.'

어차피 금제를 걸어 두었으니 놓아줘도 상관없다.

동맹을 약속해 줬으니 그것만으로 만족하기로 했다.

"이만 가 보겠다."

"그래. 딱히 갈 곳이 없다면 어제 가르쳐 준 금의상단으로 가 봐라. 언질을 넣어 둘 것이니 도와줄 거다."

"……고맙다."

그 말을 끝으로 마흔다섯의 기척이 사라졌다.

"가 버렸네요."

"응, 그러게."

"정말 놔줘도 괜찮겠어요?"

낙소월은 주서천이 걱정됐다.

유령에 대한 원한이 곡주에게 향한다면 걷잡을 수 없다. 사람의 한이란 건 생각보다 무섭다.

강호 무림은 더더욱 그렇다. 은원 관계로 되어 있는 세상이니까. 과거를 보면 그걸 알 수 있다.

"금제에 대해서는 설명했잖아?"

"네, 그건 알고 있어요. 그래도……."

불안했다.

세상에 완벽이란 건 존재하지 않으니까.

낙소월은 나이에 맞지 않게 신중했다. 어릴 때도 그렇지만 또래보다 성숙하고 지혜로웠다.

"놔주지 않으면 어떻게 할래? 뇌옥에 가둘까?"

"그건……."

낙소월은 쉽게 답하지 못했다.

사형을 걱정하는 마음과 사람으로서의 도덕심.

그 둘이 양립하여 어쩔 줄 몰라 했다.

"확실히 사매의 말대로 실수를 해서 뒤통수를 맞을지도 모르는 일이지. 완벽이란 건 없으니까."

그는 천재가 아니다. 통제 능력의 약점이나 구멍을 제대로 발견하지 못하고 말했을지도 모른다.

유령에게는 마음도 감정도 존재하지 않아 배신당할 걱정은 없지만, 탈주령은 달랐다.

사람의 의지라는 건 보통이 아니니까. 그게 얼마나 대단하고 무서운지는 전란을 겪어 잘 알고 있었다.

"그런데 왜……."

"돌려보냈냐고?"

"네."

주서천은 등을 돌려 옅게 웃었다.

"그냥, 그러고 싶었으니까."

그 웃음을 본, 낙소월은 놀란 듯 눈을 동그랗게 떴다가 곧 원래대로 돌아오며 입가에 미소를 머금었다.

*   *   *

산동, 제남.

금의상단의 위세는 날이 갈수록 높아져 갔다. 안 본 사이에 장원이 몰라보도록 커졌다.

고작 반년 정도인데, 그새 부를 축적해 증축했다는 소식
을 들었다.

제남에 도착한 일행은 곧장 상단으로 향했다.

일행이라곤 해도 낙소월과 다섯 명의 유령이었다.

"야, 저기 봐 봐."

"저 사람 혹시……."

상단의 출입구로 향하던 도중 이른 아침부터 줄을 선 방
문객들이 주서천을 보고 수군거렸다.

"하하. 유명해지면 이런 게 곤란하니까."

그러고 보니 매화정검이란 별호를 채 즐기기도 전에 화
산으로 돌아갔다.

화산파에서도 그를 알아봐 주었지만, 그래도 식구들인지
라 그렇게까지 실감이 나지 않았다.

생판 모르는 사람들이 자신을 한눈에 알아보고 칭찬(?)
해 주니 기분이 새롭고 좋았다.

전생이었다면 꿈도 꾸지 못할 반응이니 기분이 좋을 수
밖에 없었다.

"그런데 조금 이상하지 않은가요……?"

낙소월이 의문이 깃든 목소리로 중얼거렸다.

"뭐가?"

"시선이요."

"그건 네가 얼굴을 가리고 있어서 그래. 평소에 주목되는 시선 사라졌다고 너무 그러지 마라."

"그런 거 아니거든요……."

낙소월이 못 말리겠다는 듯 한숨을 내쉬었다.

"사형을 알아보는 게 꼭…… 사형?"

장원 내로 들어온 주서천이 발걸음을 멈췄다.

입구에서 명부에 적고 들어와 얼마 지나지 않아서였다. 잘 손질된 정원 정중앙에 기이한 것이 있었다.

그리고 두 사람은 그걸 보고 나서야 아까 정문에서 느껴졌던 시선의 정체를 이해했다.

"……사형."

"묻지 마."

옆에서 따가운 시선이 느껴졌지만 외면했다.

눈앞에 나타난 건 팔 척가량의 조각상이었다. 얼굴이 오밀조밀하여 조각사의 실력이 제법 대단했다.

무엇보다 돌이나 철이 아닌 황금으로 되어 있어 눈에 띄었다.

아니, 그 전에 이 황금상이 누구를 닮았다.

"아이고! 대협이 아니십니까!"

쿵쿵쿵!

반년 사이에 살이 찐 이의채가 버선발로 뛰쳐나왔다. 꽤나 급하게 뛰어왔는지 두 겹이 된 턱 살에서 땀이 비 오듯 흐른다.

예전에는 상인과는 거리가 먼 모습이었는데, 이제는 상당히 풍족해졌는지 뒤룩뒤룩 살이 쪘다.

"이 상단주 이의채. 전쟁으로 남편을 보낸 아낙네처럼 대협을 기다렸습니다요! 헤헤헤!"

외관은 변했지만 성격과 태도는 여전했다.

비릿하게 웃으면서 손바닥을 비비는 모습은 그야말로 간신배. 호감이 뚝뚝 떨어지는 모습이었다.

"제가 얼마나 대협을 그리워했냐면, 이렇게 정원에다가 대협의 형상을 한 조각상을 만들어 두고 아침마다 절을 올렸습니다. 멋지지 않습니까? 보십시오!"

이의채가 활짝 웃으면서 황금상의 밑단을 매만졌다. 그 손놀림이 음흉해서 기분 나빴다.

사람들이 자신을 알아보고 수군거린 게 어째서인지 알 수 있었다.

주서천은 천천히 걸어가 황금상 앞에 섰다. 그러자 이의채가 기다렸다는 듯이 입을 열어 말을 시작했다.

"예, 대협. 이 황금상을 설명하자면……."

그리고 말은 곧 비명으로 바뀌었다.

"으아악! 대협! 그게 얼마짜리인데! 대협! 대협!"

"집어치워!"

*   *   *

그리운 얼굴들과 마주 본다.

"여러분 모두 오랜만입니다."

제남은 이제 제이의 고향이나 다름없었다.

금의상단에서 지내는 하루는 무척이나 편안했다.

무엇보다 그리운 얼굴을 보는 게 반가웠다.

"흐흐흑……정말로 오랜만에, 뵙습니다. 대협! 끅!"

이의채가 조각조각 나누어진 황금을 쥐고 울면서 인사했다. 하필이면 머리 부분을 들고 있어 묘하다.

"그만 울고 그동안 무슨 일이 있었는지 대강 보고나 해주십시오."

"예……."

보고라도 해도 대단한 건 아니었다. 중요한 것들은 서신을 통해서 대략적으로 들었다.

금의상단은 영역을 점차 넓혀 가면서 장사했다.

곡식 외에도 무기부터 시작해 객잔이나 전장도 몇 군데 설치했다. 부업인지라 대규모 정도는 아니었다.

아직까지는 군량과 군기(軍器)에 집중하고 있다.

금의검문은 일군부터 삼군까지 문제없이 성장하고 있다. 상왕이 인재를 꼽아 오는 눈은 확실하지 않은가.

문제가 있으면 곧장 퇴출하고 보충 인원을 채워 최상을 유지했다. 냉정하지만 효율적이었다.

"참고로 석 달 전부터는 무곡님께서 참여하여 종종 가르침을 내려 주십니다."

"그래요?"

나쁘지 않았다. 반대로 쌍수를 들고 환영할 일이다.

상천십좌에 가까운 남자, 그 검마가 가르치는 것이 아닌가. 필시 좋은 성과를 부를 거라 생각됐다.

"네. 초기에는 웬 식객이 가르치려 들자 화냈으나 호되게 당한 이후로는 입 다물고 잘 따르더군요."

"그 양반에게 덤볐답니까? 크게 되겠군."

농담이 아니라 진담이었다.

"승계는 지금 뭐하고 있습니까?"

"주무시고 계십니다."

"해가 중천에 떴는데?"

"얼마 전부터 뭘 개발한다더니 며칠 동안 밤을 지새우셨습니다. 아마 슬슬 일어날 때가 됐습니다만, 시종을 불러 깨우도록 하겠습니다."

"괜찮습니다. 시간이 없는 것도 아니니 느긋이 보면 됩니다. 그보다 소개해 줄 사람이 있습니다."

이의채의 시선이 자연스레 옆으로 향했다.

"강호의 여걸이시자 화산오장로이신 철혈매검의 사손이신 낙소월 소저시군요. 만나 뵙게 되어 영광입니다. 소문난 대로 천하제일의 미녀이시군요. 이 소상, 그 미모를 처음 보고 눈이 튀어나올 뻔했습니다요."

아부가 물 흐르듯이 흘러나온 것도 감탄했지만, 소개하지 않았음에도 알아보자 낙소월이 놀랐다.

"절 알고 계시나요?"

"그럼요, 알다마다요. 화산에 방문한 사람들이라면 소저의 미모에 홀리지 않고 나오는 사람이 없습니다. 무엇보다 대협의 곁에 얼마 없으신 소중한 분인데 제가 몰라보겠습니까? 이 소상, 대협에 대해서는 모르는 게 없습니다."

"좀 기분 나쁠 정도군요."

"허허. 대협. 그렇게 칭찬해 주시니 몸 둘 바를 모르겠습니다."

이의채가 뻔뻔하게 맞받아쳤다.

"사매에 대해서는 내가 말한 적도 있고, 상단주께서는 상당히 유능한 분이셔. 상계뿐만 아니라 무림에 대해서도 일가견 있으시지. 우리보다 잘 알 거야."

"아는 것이 곧 돈이지요."

"아는 것이 힘 아닙니까?"

"상인에게는 힘이 곧 돈이잖습니까!"

과연, 일리 있는 말이었다.

"저에 대해서 소개할 기회가 없는 건 조금 아쉽지만 그래도 알고 계시니 편하네요. 잘 부탁드릴게요."

낙소월이 허리를 숙여 예의 바르게 인사했다.

"아이고, 여협. 저 따위 상인에게 이렇게까지 예를 차릴 필요는 없습니다. 편하게 대해 주십시오."

이의채가 곤란하다는 듯 손사래를 치면서도 기분 좋은 듯 미미하게 웃었다.

'역시 대협의 사매시로군. 금의의 이름이 올라가면서 여러 후기지수를 봤지만 멸시하지 않고 이렇게 대해 주는 사람은 몇 없었는데 말이야.'

무인이 상인을 바라보는 시선은 그다지 좋지 않고, 금의상단은 특히 더더욱 그렇다.

좋은 취급은 애초에 기대도 하지 않았고, 실제로 만나 본 사람들은 대부분 적의와 멸시를 보냈다.

특히나 정파의 후기지수란 이들 중에선 오만과 자만으로 똘똘 뭉친 안하무인이 많았다.

주서천과 제갈승계는 그중에서도 그렇지 않은, 특이한 부류에 들어갔고 오늘로 낙소월도 추가됐다.

유유상종(類類相從)이란 걸 좋은 의미로 떠올리기는 또 오랜만이었다.

"아, 그리고 소개할 사람은 더 있습니다."

"이런! 혹시 동행인이 계셨습니까? 제가 그만 대협의 잘생긴 얼굴에만 집중했습니다. 그분들이 어디에 계신지만 말씀해 준다면 당장 마중을 나가지요."

"괜찮습니다. 여기에 있으니까요."

주서천이 지면을 검지와 중지로 툭툭 두들겼다. 그러자 원래 있었던 것처럼 양옆에 남녀가 나타났다.

"으악!"

이의채가 비명을 지르면서 넘어졌다. 그의 눈에는 아무것도 없는 곳에서 갑자기 나타난 것처럼 보였다.

"이 둘은 앞으로 상단주님의 손발이 되어 줄 겁니다."

"손발이라니……?"

이의채가 떨떠름한 표정으로 물었다.

남자와 여자. 둘 다 노출이 심한 옷차림에 감정 하나 느껴지지 않는 얼굴을 하고 있었다.

눈을 가린 검은 천. 유령곡에서 따라온 다섯 명의 유령 중 두 명이었다.

"두 명이 힘을 합하면 절정 고수는 간단하고 초절정 고수도 무리해서 죽일 수 있을 겁니다. 이 둘은 주로 암살과 정보 수집에 능하니 수족으로 부리십시오."

이의채도 이제는 스스로 말하는 거처럼 소상이라 부를 수 없는 몸이 됐다. 받는 주목이 상당하다.

주변에 호위를 두긴 했지만 부족하다. 검마가 계속 곁에 있어 줄 수도 없는 노릇이니 말이다.

"말을 해 두었으니 상단주의 명령에는 어떠한 것이라도 따를 것입니다. 그러나 부디 그들을 도구가 아닌 사람으로 대해 주십시오. 불쌍한 사람들입니다."

"아, 알겠습니다."

설사 마음을 잃었다고 한들, 사람은 도구가 아니다.

그들 또한 어찌 보면 피해자였다.

지금까지 지은 죄가 사라지는 것도 아니지만, 그래도 그게 전부 그들의 탓이라고 말하기에는 힘들었다.

과거에 피해자였다는 게 면죄부로 쓰이는 건 아니지만, 그래도 이용만 당하는 삶은 너무 불쌍하다.

설사 마음을 잃어 의미가 없을지라도, 조금이라도 보답을 받았으면 했다.

"그와 그녀는 앞으로 평생을 상단주 곁에서 보낼 겁니다. 이름은 없으니 대신 지어 주면 감사하겠습니다."

남자와 여자가 주서천의 곁에서 이의채의 곁으로 이동해 멈춰 섰다.

얼굴에서는 어떠한 감정도 묻어나지 않아 사람으로 보이지 않았다.

"그럼 오늘은 이만 가 보겠습니다. 여행에 지쳐 조금 피로하군요. 내일 또 찾아뵙겠습니다."

"알겠습니다. 부디 푹 쉬십시오."

인사를 나누고 문을 열고 나가자 하인과 하녀가 맞이해 줬고, 두 사람을 각각의 방으로 안내해 줬다.

그리고 약 일각 뒤 주서천이 다시 돌아왔다.

"무슨 일입니까?"

이의채가 놀라지 않고 기다렸다는 듯이 물었다.

주서천은 주변에 듣는 이가 없는지 확인한 다음 숨겨 두었던 용건을 꺼냈다.

"맡겨 두었던 비급을 가지러 왔습니다."

"과연. 어쩐지 소림사가 너무 조용하다 싶었습니다."

'여전히 무서울 정도로의 통찰력과 두뇌 능력이다.'

자세한 말도 하지 않았는데 전부 눈치챘다.

혈승의 비급, 무림맹과 소림사, 보관된 반야신공.

정세를 파악하는 눈치가 보통이 아니다.

괜히 전란의 시대에서 상왕으로 군림한 게 아니다.

'아군으로 삼아서 정말 다행이다.'

그에게 신뢰를 받는 것이 곧 천군만마를 얻는 것이었다.

"혼자만 알고 있는 게 어찌나 무겁던지!"

이의채가 한숨을 푹 내쉬면서 바닥을 더듬었다.

한참을 더듬던 그의 손이 보이지 않을 넓이의 틈을 잡았다. 살로 두툼한 손가락인데도 잘도 잡혔다.

그다음은 품 안에서 나무 꼬챙이를 꺼내 틈에 집어넣어 바닥을 뒤집어 열었다.

"최소 이틀에 한 번은 장소를 변경하고, 아는 자는 저밖에 없습니다. 덕분에 자택도 제법 개조했지요."

살로 퉁퉁한 손가락 사이에 잡힌 비급이 조심스레 운반되어 원주인 도굴자에게 돌아갔다.

"그동안 보관하시느라 고생하셨습니다."

내용을 살펴 진본인지 확인한 다음 품에 갈무리했다. 딱히 의심하는 건 아니고 혹시나 제삼자에 의해서 몰래 뒤바뀔 위험성에 대비해서다.

"소림사에 '가지고 가겠습니다.' 라고 서신 한 장 보내주십시오. 무림맹주께서 언질을 해 두었으니 알아들을 겁니다. 그럼 정말 쉬러 가겠습니다."

*　　　*　　　*

이튿날.

상단주의 과할 정도의 대접 덕에 한동안 쌓였던 피로를 전부 풀었다. 특히나 상다리가 부러질 정도로의 진수성찬이 나와서 입이 찢어질 정도로 행복했다.

아무리 벽곡단이 영양 면으로 좋다곤 하지만 맛은 정말 없다. 숙수가 해 준 요리와는 차이가 컸다.

약주까지 곁들여서 배를 전부 채운 다음, 식구라 부를 만한 사람들에게 낙소월을 소개했다.

참고로 무곡을 만날 때는 그에 대한 무위가 얼마나 대단한지 다시 한 번 실감하게 됐다.

"호오. 없는데 있으니 신기할 따름이구려. 혹시 이들이 계곡의 유령들이요?"

무곡은 주서천을 보자마자 유령들을 알아챘다. 눈썰미가 보통이 아니었다.

"은공을 뵙습니다."

무선화가 고사리 같은 손을 모아 공손히 인사했다.

"솔직히 말하자면 은공으로 불리는 것도 참으로 어색하군요. 은공은 제가 아닌 당 소저입니다."

"확실히 절 치료해 주신 분은 독봉이시오나, 주서천 대협 또한 저의 은공이시옵니다. 소녀가 아버님께 들은 바에 의하면 독봉께 부탁하여 치료를 요청하시고, 또 치료에 필요한 도구를 목숨을 걸고 가져오셨다고 들었습니다."

무선화는 몸이 좋지 않아 집 바깥에서 놀기보다는 집 안에서 앉거나 누워 있을 때가 많았다.

또 무곡이 외부인의 접근을 경계한 탓에 동년배의 벗도 사귀지 못하였다.

그렇다 보니 자연히 무료함을 달래려고 서적을 읽었다. 예법이나 어투 역시 좋은 책을 읽고 배웠다.

조금 건강할 때는 학사 등을 초빙하여 공부도 열심히 했기에 몸에 밴 예법이 보통이 아니었다.

"그렇소. 은공에게 은혜를 입지 않았다면 내가 왜 맹세까지 했겠소?"

무곡이 딸을 보고 자랑스럽다는 듯이 웃었다.

"맞아요, 사형. 공손한 건 좋지만 과하면 실례가 될 수도 있는 걸요. 대단한 건 대단한 거예요."

사형의 칭찬에 사매가 생긋 웃었다.

그의 진가를 오롯이 혼자 알고 있던 시절에 비해선 조금 쓸쓸하긴 했지만, 그래도 기분이 좋았다.

적어도 전처럼 저평가되어 속이 썩을 일은 없으니까.

"졌다."

주서천이 머리를 긁적이면서 어색하게 웃었다.

"그나저나 최근 금의검문에게 가르침을 준다고 들었습니다."

"대단한 건 아니오. 그저 눈에 걸리는 것이 보이면 지적해 주는 것 정도요."

"그것만으로도 충분히 대단하지 않습니까. 혹 괜찮다면 문주직을 맡으실 생각은 없으십니까?"

"무리요."

무곡이 미안한 얼굴로 머리를 좌우로 흔들었다.

"아무리 그대의 부탁이라도 사문 탓에 그럴 수가 없소."

"호오, 사문 말입니까?"

훗날 천하제일 이인자로도 불렸던 검마의 사문!

무인으로서 관심이 안 갈 수 없다. 그에 관련된 정보는 여러 가지 있지만, 사문에 대해서는 없었다.

그의 무공이자 검이 얼마나 대단한지는 누구나 다 알고 있었지만 정작 무공에 대해서는 잘 몰랐다.

무곡이 딱히 말하지 않은 것도 있었지만 그가 워낙 무서워서 그 누구도 묻지 않은 탓이었다.

"혹시 실례가 되지 않는다면 가르쳐 주실 수 있습니까?"

"그다지 어려울 것 없소. 일인전승으로만 내려오고 강호에도 얼굴을 잘 비추지 않았으니 아마 모를 거요. 용제문(龍帝門)이라는 이름인데, 들어 봤소?"

"확실히 처음 듣는 이름이로군요."

원래라면 제자를 들였어야 했지만, 딸을 치료하려고 이

곳저곳을 돌아다니다 보니 시간이 없었다.

미래에는 암천회주의 오른팔로서 무림 공적이 되어 싸우다가 결국 역사의 어둠 속으로 사라졌다.

문파 자체도 은거 성향이 강하니 알려지지 않았고 최후의 문주도 이렇다 보니 모를 수밖에 없었다.

"아쉽지만 어쩔 수 없군요. 아, 그리고 괜찮다면 소저께 호위를 붙여 드리려고 합니다만, 어떠십니까?"

"거절할 이유가 없소. 혹시 저들 중 하나요?"

"예. 동성이기도 하니 불편할 리 없을 겁니다."

유령 중에서 약관 정도의 여인을 둘 붙여 줬다.

무곡이 그 둘을 보고 흡족하게 웃으면서 감사해했다. 성별까지 신경 써 주니 참으로 고마웠다.

안 그래도 호위나 시녀를 새로이 고용하려고 이의채에게 알아봐 달라고 부탁할 생각이었었다.

주서천은 부녀에게 유령에 대한 몇 가지 안내 사항을 알려 준 뒤, 주인을 무곡과 무선화로 지정했다.

그 뒤로는 차를 마시면서 적당히 대화를 나눴다.

낙소월과 무선화는 여성이기도 하고 연령대도 비슷해서 금세 친해졌다. 둘 다 성격도 잘 맞았다.

무곡은 딸의 웃음을 보고 방해하지 않겠다면서 나갔고, 주서천도 그 뒤를 따라 마당에서 대화했다.

하북곡에서 데려온 유령도 소령만 남았다.

그래서 인원을 충당할 겸 산동곡을 찾았다. 어차피 지배 영역을 늘리려면 찾아가야 할 곳이었다.

이번에는 낙소월과 함께하지 않고 혼자 갔다. 소령이 안내자로 나섰으니 굳이 따지자면 혼자는 아니다.

여하튼, 산동곡은 하북곡처럼 광인이 덮쳐 오거나 하는 상황은 없었다. 애초에 하북곡이 특이했다.

유령은 마흔 명이었고 수련령(修練靈)은 백이었다.

이걸로 산동곡을 손에 넣었지만 고민도 생겼다.

'수련령은 어떻게 해야 하지?'

유령을 양성하는 건 결코 인도적이지 않다. 그냥 지나치기에는 양심이 찔렸다.

하북곡의 경우에는 가무량이 워낙 변칙적인 인물이었는지라 반항하여 탈주하는 데 성공했지만, 산동곡의 수련령은 그러한 이가 없었다. 그들은 모든 걸 체념하고 살아남는데만 집중하여 명령에 절대복종했다.

눈을 감고 이대로 지나갈 수도 있지만 그러고 싶지는 않았다. 그렇다고 전부 놓아줄 수는 없는 노릇.

결국 고민하던 끝에 차선책을 내놓기로 했다.

"더 이상 심살을 하지 않는다."

암살로서 유령들을 따라올 자는 없다. 괜히 자객방 중에서 전설로서 군림한 게 아니다.

심살은 이겨 내기만 한다면 최고의 능력을 얻는 것이었지만, 그러지 못할 경우 위험이 너무 컸다.

무엇보다 사람의 감정이자 마음을 앗아간다는 것이 마음에 걸렸다.

이후 어떻게 될지는 모르지만, 적어도 최소한의 것은 남겨 주고 싶었다.

하북곡에도 서신을 보내 전했다.

원래라면 타 지부에도 보내고 싶었지만, 심살의 과정 같은 경우는 워낙 중요하다 보니 증명이 필요했다.

"응?"

산동곡의 의뢰 목록을 보던 도중 익숙한 이름을 발견했다.

"상단주의 이름이 왜 여기에 있지? 설마하니 암살을 준비하던 건 아니지?"

"얼마 전 온 서신의 암살 불가 목록을 열람하기 전에 받은 의뢰입니다. 전부 거절하고 위약금을 지불할 예정입니다."

암살에 실패하면 의뢰금의 네 배에서 여섯 배를 지불했고, 시도조차 하지 않으면 두 배를 지불했다.

금의상단주의 목에 걸린 금액이 적지는 않았지만 유령곡의 자금도 보통이 아닌지라 지불이 가능했다.

"의뢰자는 강소의 상단인가. 산동에서 영역을 확장하다 보니 밥그릇 빼앗긴다고 의뢰한 모양이군."

시간이 지날수록 상왕의 면모와 닮아 가고 있다.

무려 몇십 년을 단축했다. 하늘이 내린 상재에 자금이 주어지면 얼마나 무서운지 실감됐다.

산동곡에 유령 삼십을 남기고 열 명을 데려왔다.

상단에 도착해 이의채에게 암살을 의뢰한 곳의 이름을 가르쳐 주자 고맙다면서 눈을 빛냈다.

여전히 아부를 하면서도 그 이름을 볼 때의 눈은 얼음처럼 차갑게 빛났다.

"아무래도 상단이 커지다 보니 절 노리는 자들이 좀 늘었습니다. 그리고 이자들 중 몇몇은 머리가 빈 바보들인데, 참으로 괜찮은 먹이이죠."

가끔씩 이렇게 섬뜩한 미소를 지을 때가 있다. 돈, 이득에 관련된 일에서는 무서울 정도로 잔인했다.

"유명해지면 정말로 피곤해지는 것 같습니다. 얼마 전에는 중원의 상권을 전부 손에 넣게 해 주겠다는 등의 미친 소리를 지껄이는 자도 있었습니다."

차를 마시던 주서천의 손이 움찔 떨렸다.

"어떤 자였습니까?"

"이름은 말하지 않고 만남용으로 금 열 냥을 내놓고 가더군요. 그래서 냉큼 받긴 했지만, 대충 흘려들은 다음 보냈습니다. 나중에 다시 오겠다고 하더군요."

"상단주. 당분간 내부와 외부의 보안을 철저히 하십시오. 그리고 비교적 최근에 고용된 자들을 주의하시오."

"역시 대협이십니다. 그놈이 수상한 자인 걸 이야기만 듣고도 알아보셨군요!"

경박한 태도로 아부만 해 대는 것 같았지만, 그 속은 전혀 아니다. 살에 파묻힌 눈이 날카롭게 떠졌다.

"어떻게 할지는 저에게 딱히 묻지 않으셔도 되지만, 그저 앞으로 조심해 주시면 됩니다."

미래, 전란 동안 이의채는 별 피해 없이 알아서 대처하여 상단을 키우고 크게 성공했다.

가만히 놔두어도 최상의 결과를 내는 사람에게 굳이 뭐라 조언할 필요가 없었다.

그래서 두루뭉술하게 적당한 경고만 한 뒤, 따로 움직이기로 마음먹었다.

'천권성이 접근했나.'

칠성사의 천권은 천기나 회주에게 명령을 받아 미래가

돋보이는 세력에 간자를 심는다.

그리고 간자를 심기 전에 아군으로 회유하려고 사람을 보내 확인하는데, 이번에 온 듯했다.

아직 확신을 할 수 없지만 그럴 가능성이 높았다.

'금의상단의 성장.'

금의상단은 요 몇 년간 몰라보도록 성장했고, 한 지역이 아닌 중원 전체에 영향력을 끼치기 시작했다.

상왕이 전생에서 암천회의 회유를 어떻게 거절하고 자산을 지킨지는 잘 모르지만 제지해야만 했다.

그렇지 않으면 언젠가는 공격당할 테니까.

'너희 맘대로는 되지 않을 거다.'

눈을 감으면 비명이 들려온다. 전란에서 죽은 이들의 절규와 비명이 세상을 붉게 만들었다.

그 위에는 암천회가 있었고, 수많은 희생이 있었다.

칠성사와 도감부, 그리고 암천회.

'천선성.'

반격, 아니 습격의 시기가 왔다. 그 첫 번째 목표는 암천회 정보의 중심이기도 한 천선성이다.

천권이 첩자를 심어 얻어 내는 정보도 보통이 아니지만, 천선에 비교하자면 그 양은 압도적으로 적다.

그야 그들의 정체가 천하에서 손꼽히는 정보 단체이기

때문이다.

'하오문(下五門).'

무림에는 정도가 있고 상도가 있으며 마도가 있다.

그리고 그 외에도 흑도(黑道)라는 것이 존재한다.

실은 말만 흑도이지 하오문은 무림에서 제대로 된 강호 문파로 취급받지 못했다.

그도 그럴 것이 말이 문파지 그들을 구성하는 건 순 시정잡배들뿐이었던 탓이다.

저잣거리의 소매치기부터 시작해서 기녀나 점소이, 장원의 하인이나 마부나 혹은 표국의 말단 무사. 구성원만 봐도 어떤지 대충 파악할 수 있었다.

무림의 밑바닥층이 모인 곳으로 그 숫자는 문파 중에서도 제일이지만 그 결속력은 좋지 못하다.

시정잡배이다 보니 인의라거나 충성이라는 건 농담거리에서나 나오는 이야기였다.

다만 온갖 직업을 지닌 이들이 모이다 보니 이들의 정보 수집 능력만큼은 무척 탁월했다.

'일곱 수장 중 일인인 하오문주!'

그리고 그 하오문주가 천선의 정체였다.

문주라고 하지만 흑도 방파이기에 온갖 무시를 당하지만 그 정체는 암천회의 수뇌부였다.

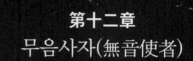

第十二章
무음사자(無音使者)

하오문은 시정잡배의 연합체인데도 불구하고 구파일방이나 사도천의 역사보다 더 오래됐다.

그들의 생존력은 가히 불멸이라 할 수 있었는데, 이는 그들이 지닌 정보도 정보지만 점조직의 형태를 취하고 있어서 그렇다.

추격을 하려고 해도 점조직이라 추격이 어려울 뿐만 아니라, 정작 중요한 수뇌를 몰라 추적이 끊어지는 경우가 많았다.

무엇보다 지부가 없어진다 할지라도 그 인원을 대체할 이들은 어디든지 많았다.

길거리에 널린 게 시정잡배가 아닌가. 애초에 전부 질이 낮고 믿지 않기에 적당히 데려오면 그만이다.

고문을 하려 해도 정말로 모르니 어쩔 수 없다. 그들이 불멸의 생존력을 지닌 연유다.

그러나 수뇌가 아예 없는 건 아니다. 정말로 극소수이기는 하나 그런 역할을 하는 지부가 존재한다.

주서천은 그 지부를 습격할 준비를 하고 있었다.

"시간이 있으니 이왕 기회가 된 것 새로운 무공부터 배워 볼까. 유령신공의 암기부터 익혀 봐야겠다."

전에는 필요성이 없어서 심법과 보법만 배웠다.

"소령. 괜찮다면 암기를 가르쳐 주겠어?"

"네."

유령신공과 유령공의 차이는 통제 능력을 제외하곤 거의 없어서 소령에게 가르침을 받을 수 있었다.

"비수(匕首) 위주로 부탁할게."

기간은 이 주일로 잡았고, 적당한 장소도 있었다.

금의상단의 제남 지부 지하에는 특수한 시설이 여럿 있었는데, 그중에는 비밀 연무장도 존재했다.

그동안 정말로 기초적인 것만 배웠다. 비수를 잡는 법부터 투척하는 법까지 가지각색이었다.

투척술이나 휘두르는 법까지 포함한 이 암기술의 이름은

유은비도(幽隱飛刀)였다.

일성은 기초적인 공격법이었고 이성부터는 투척이 가능했다. 여기까지는 그럭저럭 배웠다.

그리고 가르침 도중에 유령들이 얼마나 무지막지한지 깨닫게 됐다.

"뭐, 뭐야!"

배우던 도중 실수를 하자 소령이 날아와서 복부를 힘껏 걷어차려다가 맞기 직전에서 멈췄다.

유령곡주에게 위해를 가할 수 없어서 멈춘 듯했으나 어째서 공격을 한 건지 이해가 안 갔다.

"실수하면 폭력으로 다스려야 합니다. 그러나 대협을 때릴 수 없으니 멈췄습니다."

"……허어."

일성은 워낙 기초이다 보니 능숙하게 성공했지만, 어디까지나 깨달음이나 검의 고수여서 그렇다.

원래의 수련령이라면 막 시작했으니 실수도 많을 터인데 이런 무지막지한 폭력을 당한다니!

괜히 가무량이 지옥이라 몸서리친 게 아니었다. 그들의 수련 방식은 혹독하고 잔인했다.

그렇지만 그만큼 효율적인 것도 사실이었다. 사람이란 건 때로는 위기감에 더더욱 성장하기 마련이다.

비무와 달리 실전을 겪으면 경험이 빠르게 쌓이고 강해지는 것도 이와 같은 연유다.

'나쁘지 않아.'

고민하던 그는 효율을 높이기 위해 유령 몇을 더 불렀다. 산동곡의 열 명 중 두 명을 더 불렀다.

"너희 셋은 앞으로 나에게 위해를 가하는 걸 허가한다. 내 목숨은 신경 쓰지 말고 전력을 다하도록."

그 말이 끝나자마자 소령을 포함한 유령 셋이 동시에 덤벼들었고, 얼마나 대단한지 몸소 느꼈다.

회귀 이전에는 이들과 마주한 적 자체가 없었고, 이후에는 유령곡주이기에 습격당하지 않았다.

그들이 금제를 풀고 전력을 다하니 상당히 섬뜩했다.

비수가 바람을 가르는 소리 없이 수평선을 긋는다. 공기의 미세한 진동조차 거의 없다.

그야말로 유령. 감각에 모든 걸 집중해서 잡아내 비수로 받아쳤다.

채앵!

아무리 실체가 없어 보이는 공격이라고 해도 금속끼리 부딪쳤는데 소리가 안 날 수는 없다.

'조심하자.'

주서천도 자신에게 금제를 가했다. 평소에 쓰던 태아는

내려 두고 그 대신 평범한 비수를 들었다.

이십사수매화검법도 당연히 없고, 소령에게 배운 유은비도를 대신해서 펼친다.

확실히 목숨이 위험하다는 생각이 들자 움직임에도 처절함이 생겼다. 주의하고 또 주의하면서 싸웠다.

검강을 펼칠 수 있었으나 강기도 제한했다. 그건 수련에 도움이 되지 않는다.

"한 명 더."

주변에 대기하고 있던 유령이 참전했다.

그들은 절정에서 초절정 고수이지만, 암습 전이라면 천하의 유령이라도 전투력이 다소 떨어졌다.

세 명과는 가볍게 싸웠고, 한 명이 추가되어도 마찬가지였다. 일곱 명까지는 거뜬히 버텼다.

여덟 명이 되자 천하의 주서천도 버거워했다. 도리어 배운 지 얼마 되지 않은 유은비도로 잘만 버틴다.

일각 넘게 일곱 명과 바쁘게 움직였지만 누구도 땀을 흘리지 않는 게 신기했다. 유령심법 덕이다.

비수로 허공에 어지러운 선을 그리고, 유령보로 소리나 기척 없이 바쁘게 움직이며 공격을 받아친다.

상대하고 있는 유령을 다치게 하지 않고 제압해야 한다는 것이 수련을 더더욱 어렵게 했다.

하나 이것도 일주일이 지나자 익숙해졌고, 일곱 명에서 열한 명이 됐다.

투척이야 이제 완전히 능숙해졌고, 비수도 하나가 아니라 여러 개를 동시에 사용할 수 있게 됐다.

이 주일이 지나자 암기는 유령 정도는 아니지만 그래도 그럭저럭 정도의 수준이 됐다.

"좋아. 전부 수고했다."

만족스러운 수준이 되자 다시 금제를 걸어 멈췄다.

그리고 그사이에 성장한 건 주서천뿐만이 아니었다. 이 주일 동안 싸우기만 한 유령들도 성장했다.

다만 그 성장이란 게 정말로 단순하게 무기를 다루는 것에 불과했다.

유령에게 마음은 존재하지 않는다. 그렇다 보니 깨달음도 더 이상 얻을 수 없다.

심살의 과정은 마지막이다. 깨달음을 얻을 사고가 사라지니 경지도 높일 수가 없었다.

그래도 대부분이 절정이나 초절정에서 심살이 시작되니 나쁜 것만은 아니다.

애초에 화경이라는 경지가 운까지 따라 주지 않으면 평생 오를 수 있을까 말까 하는 경지니까.

"역용술(易容術)도 알고 있나?"

"모릅니다."

주서천이 조금 놀랐다. 비아냥거린 것이 아니라 순수한 의문이었다.

자객은 대부분 복면을 쓰고 활동하긴 하지만, 가끔 복장이 필요하지 않은 상황도 존재한다.

그래서 그럴 경우 신분을 노출시키지 않으려고 얼굴, 심하면 골격까지 바꾸고는 했다.

"역용술을 눈치채는 고수가 존재합니다. 그래서 쓰지 않습니다. 특정한 모습이 필요할 경우는 나머지 인원을 투입하면 그만입니다."

"과연."

어차피 유령을 눈치채기는 힘드니 만약 노인이 필요하면 노인으로 대체하거나 하면 그만이다.

*　　*　　*

이 주일 동안의 폐관 수련을 끝내고 나왔다.

'반야신공은 전달을 조금만 뒤로하자.'

소림사가 무림맹주를 닦달하겠지만, 보통의 비급이 아니니 느릴 수밖에 없다고 대충 잘 둘러댈 터.

남궁위무가 한숨을 내쉬는 모습이 눈에 훤히 그려지자

합장을 해 그의 정신적 피로에 기도해 줬다.

어차피 지역은 동일하니 크게 문제는 없다.

하남(河南), 정주(鄭州).

과거, 황하 문명의 발원지이기도 한 하남은 아직까지도 그 명성을 떨치고 있다.

예로부터 고대의 주요 도시가 하남에 위치해 있고 그건 지금도 마찬가지다.

성도인 정주는 특이 사항은 없으나 발달된 대도시였다. 사람과 활기는 끊임없었고, 밤은 길었다.

또한 불학의 중심이자 북두라 불리는 소림사가 있어 각 지역에서 사람들의 방문이 잦았다.

다만 그럼에도 불구하고 치안이 그렇게까지 좋은 편이 아니었는데, 이는 불교의 자비 탓이었다.

소림사에선 어쩔 수 없는 상황이 아니라면 살생을 금하였고 좋아하지도 않는 눈치였다.

그렇다 보니 주변에 되도록 살인이 아니라 제압하는 것으로 끝내 달라는 요청이 있었다.

어디까지나 강요가 아닌 권고이지만, 괜히 문제를 일으켜 소림사의 앞마당에서 밉보이고 싶지는 않았다. 그런 상황이라 도망자들 혹은 죽을 리가 없다는 걸 믿는 바보들이 제법 모여 있었다.

해시(亥時) 무렵의 정주.

정주의 밤은 길다. 평소의 번화가는 전부 가게 문을 닫아 객잔을 제외하곤 빛 한 줌 없었다.

구름 사이에 뜬 보름달만이 길을 밝혀 주는 번화가를 지나 사이사이의 골목들을 통과했다.

그리고 좁은 길이 트이자 지나온 번화가와 달리 사람이 북적거리고 시끌벅적한 번화가가 나타났다.

건물의 벽이나 기둥에는 붉은 등불이 달려 있고, 층으로 이루어진 건물에는 새하얀 어깨를 드러낸 여인들이 길거리의 남자들을 보며 고혹적이게 웃는다.

술에 취해서 비틀거리는 남자들은 바짓가랑이를 부여잡고 주변을 훑어보다 마음을 정한 듯 안으로 들어갔다.

정주의 밤거리는 중원에서도 손꼽히는 환락가다.

'하오문.'

그리고 또 다른 이름은 하오문의 정주 지부다.

저 난간 위에 기댄 기녀도 하오문도고, 남자들에게 호객 행위를 하는 종업원도 하오문도다.

이곳에서 일하는 이들 전부가 하오문도. 이제 여기서 암천회의 끄나풀을 찾아야만 한다.

'일단 날뛰기 전에 정보 수집이나 해야겠다.'

머릿속에 있는 지부를 박살 내기 전에, 이곳에 침투하여 쓸 만한 정보를 캐내야 한다.

하오문은 냄새를 조금만 맡아도 도망치고 숨거나 하여 여간 귀찮은 게 아니다.

겁이 워낙 많다 보니 주의해야 했다. 그래서 값나가는 인피면구를 구해서 얼굴을 가렸다.

워낙 뒤가 구린 동네라 돈만 주면 쉽게 구했다. 물론 그 순간도 조심하려고 남령(男靈)에게 시켰다.

소령에게는 당분간 나오지 말라고 했다. 어린 소녀에게 이곳은 너무나도 눈에 띈다.

납치나 강간이 심심찮게 일어나는 동네에서 노림을 받으면 여간 귀찮은 게 아니었다.

물론 덤벼 봤자 소령에게 일 합도 되지 않아 목숨을 빼앗기겠지만 소란을 일으키고 싶지 않았다.

제법 값비싼 인피면구를 쓰고 난 뒤에야 안심하고 정주의 거리를 누릴 수 있었다.

참고로 유령들에게는 정보를 수집해 오라고 정주 곳곳을 누비게 만들었다. 곁에는 이제 아무도 없었다.

"하오문도가 되고 싶소."

허름한 객점을 방문해 점주에게 말했다. 인상이 험악한 점주는 주서천을 힐끗 보곤 손을 내밀었다.

"한 냥. 은으로."

"여기 있소."

"이름."

"비령(匕靈)."

하오문도가 되는 것은 그다지 어렵지 않다.

기녀라면 기루가 알아서 처리해 주고, 소매치기나 떠도는 낭인 등은 은자만 내면 이름을 올릴 수 있다.

누구나 될 수 있는 게 하오문도. 물론 약간의 검증이나 추천 같은 것이 필요하다.

"분위기를 보아하니 보통은 아닌 것 같지만, 그래도 아무것도 못 하는 애새끼는 받지 못해."

말이 끝나기 무섭게 비수가 뒤편의 장식에 꽂혔다.

중요한 건 고개를 돌리지 않고 비수만 던졌다. 주변에서 휘파람이 들린다.

"환영한다."

점주가 가 보라는 듯 손을 휘저었다.

"일이 필요하오."

"성미도 급하군. 자랑거리를 말해 봐라."

"비수 좀 다루고, 대체적으로 싸우는 일을 잘하오."

"마침 알맞은 일이 있지. 목숨 한둘로는 부족할 텐데 그런데도 받겠는가?"

대답 대신 고개를 끄덕여 줬다.

"몇 달 전, 기대의 신인을 데려오려고 기루(妓樓)끼리 가벼이 다퉜다가 그 사소한 것이 점차 커져 결국 사활까지 걸게 됐지. 뒤에 있는 큰 손까지 움직였어."

"과연. 그 다툼에 참전하라는 거요?"

"그래. 괜히 애먼 곳 쑤시다가 당하지 말고. 정주는 그 다툼 때문에 시체 썩는 냄새가 진동하고 있으니까."

"어디에 붙으면 돼요?"

"아무 데나."

참으로 적당했다.

*   *   *

발단이 된 기루는 홍루(紅樓)와 청루(靑樓)였다.

밤에는 여전히 장사를 했지만, 그 뒤로는 피비린내 나는 암투가 이어졌다.

하오문도 중 싸울 수 있는 이들이 보이지 않는 곳에서 습격하거나 혹은 대놓고 찾아가 공격했다.

낮이라면 모를까 정주의 밤은 위험하다. 관병도 순찰하지 않는 곳이다.

아니, 순찰하기는커녕 치안 유지라는 명목하에 기루에 들어가 돈을 내지 않고 대접받곤 했다.

관부의 뒤를 봐주는 곳이 정주의 밤거리이기도 했다.

"으하하!"

홍루의 무인, 부두벽(斧頭劈)이 함박웃음을 터뜨렸다.

"아잉, 대인~"

"제 술을 받아 주시옵소서."

하얀 목과 어깨를 드러낸 기녀 둘이 양옆에서 가슴을 붙이면서 유혹하듯이 웃자 바짓가랑이가 부풀어 올랐다. 술과 여자를 가지니 입이 귀에 걸렸다.

부두벽은 별호에 걸맞게 도끼로 적의 머리를 쪼개는 무인이었다. 그의 경지는 이류밖에 되지 않지만 이곳 하오문에서는 상당히 괜찮은 편에 속했다.

'하오문으로 도망치기 잘했어!'

원래는 사도천 소속의 무인이었지만, 온갖 패악질을 저지르고 다니다가 그만 원한을 샀다.

그래서 꽁지 빠지게 도망쳐 이곳 정주의 밤거리로 녹아들어 홍루에 고용됐다.

그리고 얼마 전에 홍루를 노린 청루에서 보낸 적의 머리를 전부 쪼갰다.

그 덕에 한 달은 약탈해야 얻어 낼 돈과 잘 수 있는 기녀둘을 포상으로 내려줬다.

"흐흐, 자. 계곡에 맺힌 술을 마시고 싶구나."

부두벽이 음흉한 눈으로 기녀의 가슴을 훑어 봤다.

"네 가슴으로도 가능한데 스스로 하는 건 어떻느냐?"

"웬 놈이냐!"

제삼자의 목소리에 취기가 확 가셨다.

부두벽은 바닥에 둔 도끼를 쥐곤 벌떡 일어났다.

"꺅!"

붙어 있던 기녀가 떨어지면서 구석으로 도망쳤다.

"저승사자다."

인피면구에 복면까지 쓴 주서천이 답했다.

"머리부터 발끝까지 까만 데다가 복면까지 쓴 걸 보면 날 몰래 죽이러 온 게 틀림없구나. 이놈, 내가 누군지는 알고 찾아온 게냐?"

"부두교인가 뭔가 하는 놈인 건 알고 있다. 청루가 네 목에 의뢰를 걸어서 대신 목을 치러 왔다."

"네 입에서 곧 대인이라 불려질 분의 이름을 잘못 말하다니. 후회하게 만들어 주마."

부두벽이 술병을 들어 한 모금 마시곤 휙 던졌다.

주서천은 손만 들어 비수로 술병을 베었다.

병이 반으로 갈라지면서 그 안에 있던 술이 쏟아졌고, 그 뒤로 살의가 담긴 도끼가 따라왔다.

사파 출신답게 싸움법이 제법 좋다. 속으로 조금 칭찬하면서 손을 번개같이 뻗었다.

"허?"

쨍!

일직선으로 쭉 뻗어 나간 비수가 도끼날을 후려쳤다. 그 힘이 보통이 아닌지 손목까지 떨려 왔다.

'언제?'

아무것도 보지 못했고, 느끼지도 못했다.

인식했을 때는 이미 비수가 도끼와 부딪쳤다.

'고수다.'

무엇보다 비수에 실린 내기가 적지 않았다. 도끼가 전진 하지 못한 건 당연하고 하마터면 놓칠 뻔했다.

부두벽은 생각보다 머리 회전이 빠르다. 특히나 눈치가 귀신같다. 그래서 도망도 잘 쳤다.

"뉘신지는 몰라도 잠시……."

푹!

그게 생전 최후의 말이었다. 뇌에서 다음 언어를 구현하 기도 전에 목이 뒤로 꺾이듯이 젖혀졌다.

눈은 공포로 얼룩졌고, 이마에는 비수가 박혔다.

"흡!"

기녀들은 비명 대신 숨을 삼켰다. 입을 손으로 가리고 소리 없이 눈물을 흘렸다.

눈앞에서 싸움을 목격한 기녀들은 대부분 놀라서 소리를 지르다가 죽임을 당한다.

기녀들이 소란을 일으키면 적들이 금방 눈치채고 달려올 것이기 때문이다. 그래서 살아남기 위해 무서워도 비명을 참았다.

주서천은 기녀들을 무시하고 부두벽에 다가가 비수를 회수하고, 손목을 잘라 주머니 안에 넣었다.

"여기에 누가 있지?"

지금은 홍루에 있지 않다. 부두벽이 워낙 방탕하게 노는지라 손님들에게 방해될 것 같아 장소를 따로 마련해 주고 술과 기녀를 보내 줬다.

"그, 그게……."

기녀는 울면서도 살기 위해서인지 더듬으면서도 잘 대답해 줬다. 청루가 건 홍루의 무인이 둘 더 있었다.

그들 또한 부두벽처럼 성질이 고약한 이들이었다.

그다지 대단치 않았지만, 그래도 온 김에 그들의 목숨 또한 취해서 청루로 가져갔다.

그리고 이튿날. 생각지도 못한 공격에 홍루 출신 무인들이 시체가 되어 발견됐다.

그에 반면 청루는 얼마 전 당한 공격에 복수했다면서 좋아했다. 주서천은 각기 다른 손을 건네줬다.

"이름이 뭐라고 했나?"

청루의 포주가 손목을 보고 부드럽게 웃었다.

"비령."

"원하는 게 뭐지? 돈? 술? 기녀? 말만 하게."

"청루주와 자 보고 싶소."

"호, 꽤나 큰 걸 원하는군."

청루주는 한때 정주 제일의 기녀였다. 그러나 지금은 은퇴하고 루주가 되어 기루의 관리만 맡고 있다.

밤 자리를 안 하는 건 아니지만, 그녀를 안으려면 웬만한 명성이나 돈으로는 부족했다.

서른을 넘어 마흔이지만, 주안술 덕에 그 미모는 현역 때와 다를 것 없다고 한다.

"그렇다면 홍루의 참락가(斬樂歌)를 처리하고 오게. 그러면 만남 정도는 내 주선해 주지."

"참락가?"

포주의 뒤에 있던 종업원들이 이름을 듣고 놀랐다.

"알겠소."

의뢰를 받아들인 뒤 청루를 나갔다.

"그 고수를 죽이겠다고?"

"아무리 루주의 밤 자리가 정주 제일이라 해도 미쳤군."

"쾌락에 눈이 먼 자는 쉽게 죽기 마련이지."

참락가는 일개 무사나 잡배들과는 달랐다. 그는 홍루, 아니 정주 전체에서도 이름난 고수였다.

정주에 오기 전에는 온갖 사람들을 베면서 즐거워했고, 심지어 시체를 앞에 두고 노래까지 읊었다.

시간이 갈수록 악명이 높아져 마두로 지정되기 직전에 도망치듯이 모습을 감췄다가 정주에 나타났다.

지금은 홍루에 소속되어 청루나 혹은 방해되는 이들을 직접 처단하면서 미친놈처럼 웃고 다녔다.

"아니, 왜 참락가를 노리게 했나?"

"보아하니 조금 더 이용할 수 있었는데……."

그들은 주서천, 비령을 딱하게 여기지 않았다.

그저 좀 더 이용하지 못했다고 아쉬워했다.

"뭐, 어떤가. 어차피 저런 놈들 수두룩해."

정주의 밤거리로 피신해 뭐라도 된 듯 자신감 있게 일을 받아 내면서 이름을 알리려는 놈들은 많다.

포주는 그렇게 생각하며 참락가의 팔 하나라도 빼앗기를 기대했다.

청루의 종업원들은 그걸 듣고 소소한 내기를 걸었다.

"접근하지도 못하고 근처에서 죽는다는 것에 걸지."

"에이, 그래도 부두벽이 잡배는 아니지 않나? 손가락 하나쯤은 자르지 않을까?"

하오문도들은 대부분 비령이 죽는다는 쪽에 걸었다.

그러나 결과는 누구도 예상하지 못했다.

"참락가가 죽었다!"

"목이 잘린 채로 방에서 발견됐다 하더군!"

고수에 속하는 참락가가 싸늘한 시체로 발견됐다. 더더욱 무서운 건 홍루의 방 안이었다는 점이었다.

참락가는 무공이 워낙 높기도 하고, 그의 기분을 거슬렀다가 죽은 이가 한둘이 아니라 내쫓을 수 없었다.

"홍루에선 누가 침입한지도 몰랐다며?"

"내 친구에게 들은 이야기인데, 방 안에서 싸운 흔적이 하나도 발견되지 않았다고 하더군."

"허, 그럼 대체 얼마나 대단한 무공이지?"

"대체 그자가 누군가?"

"무음사자(無音使者)!"

주서천이란 이름은 아니지만 그래도 별호가 붙었다. 소리 없이 목숨을 앗아 간다 하여 무음사자였다.

다음에 청루를 찾아갔을 때는 대접이 달랐다.

아니, 대접이라기보다는 경계도가 올라갔다.

전에 봤던 포주가 겁먹은 얼굴로 서 있었고 그 뒤로 청루 소속 무인들이 서서 잔뜩 긴장해 있었다.

"어, 어서 오게나."

"청루주는?"

"크흐흠. 일단 그전에 술 한 잔이라도 하지 않겠……
힉!"

포주의 머리 옆으로 비수가 지나갔다. 귓불에 혈선이 그
어지면서 피가 튀었다.

이에 호위들이 곧장 반응하며 검을 힘겹게 뽑았으나 안
색이 그리 좋지 않았다.

참락가를 소란 없이 죽인 자라면 보통이 아니다. 하오문
의 수준으로 어떻게 할 수가 없었다.

가끔씩 이런 자가 있다. 하오문 거리에 있을 만한 수준이
아닌데 여자나 정보를 얻으려고 오는 부류.

"그만."

위층 난간에서 부드러운 목소리가 들렸다.

고개를 드니 면사포로 얼굴을 가린 여인이 보였다.

몸의 굴곡이 확연히 보이는 차림인지라 청루 출신 하오
문도들조차 넋을 잃고 몸매를 구경했다.

"죄송합니다, 대인. 저와 밤 자리를 한다는 약조는 포주
가 제멋대로 한 판단입니다. 설마하니 대인이 그런 고수일
줄은 몰랐다고 하더군요. 제가 대신하여 사과하는 바입니
다."

분위기와 차림새를 보아하니 청루주가 틀림없었다.

포주의 눈을 보아하니 그 말이 맞은 듯했다.

"수하의 탓은 자고로 주군의 책임으로 알고 있소. 어차피 적이 되는 참락가를 죽였으니 보상을 주시오."

"어머나. 그렇게 절 열렬히 원하시니 소첩은 기쁘기 짝이 없사옵니다. 제가 모시지요."

청루주는 포주를 째려본 뒤, 주서천에게 다가가 팔짱을 꼈다.

'부럽군.'

'청루주에게 안기다니.'

'허, 죽기 전에 청루주에게 안기는 게 꿈이었는데!'

청루주는 나이가 많음에도 정주에서 인기였다. 그 잠자리 실력이 남자를 몇 번이나 죽인다고 전해진다.

청루의 위층은 올라갈수록 가격이 배로 높아진다. 그중 최상층은 돈만 있다고 오를 수 있는 게 아니다.

루주의 집무실과 붙어 있는 방 안에 청루주가 기녀들을 불러 진수성찬을 차려 줬다.

"괜찮으시다면 먼저 기대주를 맛보지 않겠사옵니까?"

"관심 없으니 전부 나가라 해 주시오. 나는 독대를 원하오."

"저를 사랑해 주시는 것은 십분 이해하나, 원래 정말 맛 있는 걸 맛보기 전에……."

"피 맛을 맛보고 싶다면 그리해도 좋소."

낮은 목소리지만 중압감을 가지고 경고했다. 그러자 청루주의 낯빛도 바뀌었다.

무언가 이상함을 느낀 그녀는 기녀들을 물리게 했다. 그 외에도 근처의 호위들 역시 내보냈다.

무음사자는 딱 봐도 보통이 아니다. 어중이떠중이들이 숨어 봤자 기분만 상하게 할 뿐이었다.

'보아하니 부드럽게 해 줄 양반은 아니로구나. 아마 발정이 난 개처럼 날 범하려 들겠지. 걱정이다.'

청루주는 속으로 한숨을 푹 내쉬었다. 남자를 상대하는 건 익숙하지만 가끔 이런 피곤한 자들이 있다.

어쩔 수 없는 얼굴로 조금이라도 덜 아프기 위해 쾌락을 자극해 주는 향을 피우려 했다.

"그럼 이제 좀 본격적으로 얘기하겠소."

'더 거칠게 욕설을 내뱉으며 하겠다는 건가? 난 글렀다.'

청루주가 몸을 파르르 떨었다.

"실은 나는 루주를 안을 생각이 없소."

'설마하니 폭력으로 느끼는 변태 성욕자? 큰일이다!'

청루주가 이름 그대로 새파랗게 질렸다.

차라리 여기서 도망친 뒤 청루의 무인들을 동원해 이자를 죽일까 하는 고민이 들었다.

　가끔씩 기녀를 죽기 직전까지 패면서 쾌락을 느끼는 미친놈이 있었다. 그런 부류라면 최악이다.

　"내가 원하는 건 하오문의 정보요."

　"여기 누구 없…… 네? 뭐라고 하셨죠?"

〈다음 권에 계속〉

龍帝劒傳

용제검전

윤민호 신무협 장편소설

ORIENTAL FANTASY STORY & ADVENTURE

『악제자』, 『용맹마도』의 작가!
윤민호 신무협 장편소설

몰락한 작은 무문에서 맺어진 기이한 인연(因緣),
천하를 격동시킬 전설은 그렇게 시작되었다!

drea
book
드림북